# मिशन नक़ाब

The story of true love

ByChance_Writer

BlueRose ONE.com
Stories Matter
NewDelhi • London

**BLUEROSE PUBLISHERS**
India | U.K.

Copyright © By Chance Writer 2023

All rights reserved by author. No part of this publication may be reproduced, stored in a retrieval system or transmitted in any form or by any means, electronic, mechanical, photocopying, recording or otherwise, without the prior permission of the author. Although every precaution has been taken to verify the accuracy of the information contained herein, the publisher assumes no responsibility for any errors or omissions. No liability is assumed for damages that may result from the use of information contained within.

BlueRose Publishers takes no responsibility for any damages, losses, or liabilities that may arise from the use or misuse of the information, products, or services provided in this publication.

For permissions requests or inquiries regarding this publication, please contact:

BLUEROSE PUBLISHERS
www.BlueRoseONE.com
info@bluerosepublishers.com
+91 8882 898 898
+4407342408967

ISBN: 978-93-5989-630-4

Cover design: Muskan Sachdeva
Typesetting: Rohit

First Edition: November 2023

# अनुक्रमणिका

1. रिपीट टेलीकास्ट यादें ....1
2. नकाबपोश लड़की ....11
3. यू इडियट! ....17
4. नाम क्या है आपका? ....22
5. इमरजेंसी सेवा..! ....27
6. रिसेप्शन बॉय! ....33
7. धमकियों वाली कॉल ....38
8. सुहानी सुबह..! ....44
9. न्यू मिशन ....50
10. सच या झूठ! ....57
11. दिल्ली आगमन ....63
12. इमोशनल अत्याचार..! ....70
13. खुशनुमा अतीत विथ डरावना आज ....77
14. सफ़र- बम ब्लास्ट से मानसरोवर का ....84
15. इज़हार-ए-मोहब्बत ....90
16. किडनैपिंग वाली इंगेजमेंट ....96
17. यन्त्रा... कौन हो तुम? ....103
18. इश्क़ के बदले धोखा ....110
19. मिशन नकाब ....118
20. मिस्टीरियस यन्त्रा ....123

# 1

## रिपीट टेलीकास्ट यादें

"रघु जल्दी तैयार हो बेटा। कितना टाइम लगा रहा है? तुझसे पहले तो तेरी दुल्हन तैयार होकर आ गई है।"

रघु को अपनी माँ, जानकी जी की आवाज के साथ ही, दरवाजा खटखटाने की आवाज भी सुनाई दी, तो रघु ने तुरंत ही चिल्लाते हुए जवाब दिया "माँ, कम से कम आज तो मुझे चैन से तैयार होने दे। आफ्टर ऑल आज मेरी सगाई है और हां, हर बार दूल्हा ही क्यों वेट करें दुल्हन का? आज दुल्हन को बोलो इन्तजार करे अपने दूल्हे का।"

ये बोलते वक्त रघु शीशे में खुद को देखते हुए मुस्कुराकर अपने बाल बना रहा था। इससे पहले कि रघु की बात सुनकर जानकी जी दरवाजे के बाहर से वापस जाती, रघु ने जल्दी से दरवाजा खोलते हुए पूछा "कैसा लग रहा हूँ मैं मां?"

हल्के हरे रंग के कुर्ते पजामे के साथ, गोल्डन बास्केट पहने हुए, 6 फीट का, डार्क एंड हैंडसम रघु किसी साउथ इंडियन हीरो से कम नहीं लग रहा था।

रघु को इस रूप में देखकर जानकी जी की आंखें भर आई और उन्होंने मुस्कुराते हुए नज़र का टीका लगाने के लिए अपना हाथ आगे बढ़ाया।

लेकिन तभी अचानक से उनके कानों में फायरिंग की आवाज के साथ ही बचाओ-बचाओ की आवाजें गूंजने लगी।

इन आवाजों को सुनते ही रघु घबराते हुए तेज़ी से मेन दरवाजे की तरफ भागा। घर से बाहर आते ही रघु की नज़र यहाँ-वहाँ भागते लोगों पर पड़ी। वो पूरा माज़रा समझने की कोशिश कर ही रहा था की तभी, रघु ने देखा की काले रंग का कुर्ता पैजामा पहने दो आदमी, दुल्हन को जबरदस्ती घसीटते हुए एक बिना नंबर वाली गाड़ी में बैठा रहे है।

*मिशन नक़ाब | |*

ये देखते ही रघु अपनी पूरी ताकत के साथ उस ओर भागा और ज़ोर से चिल्लाया "यन्त्रा...."

लेकिन इससे पहले कि रघु उन आदमियों को रोक पाता, तेज रफ्तार के साथ वो गाड़ी रघु की नज़रों से काफी दूर चली गई।

***********

इश्क़....
किसी के लिए इबादत, तो किसी के लिए सज़ा।
किसी के लिए जीने का ज़रिया,
तो किसी के लिए तबाही का एक खौफनाक मंजर।
जिसकी जैसी किस्मत, उसको वैसा ख़िताब।।

क्यों ठीक कहां ना मैंने....?

आज के दौर में, मोहब्बत के गलियारों में बेवफाई और धोखा उतनी ही आम बात है, जितनी की ज़िंदा होने के एहसास पर यकिन की मुहर लगाती दिल की ये धड़कने।

पर इन सब से अलग,

क्या हो जब मोहब्बत की दावेदारी करती ये धड़कने, अचानक ही बिना किसी आहट के अतीत की धुंध में गायब हो जाये?

और फिर...

अचानक ही किसी रोज मुँह उठाये ऐसे वक्त में वापस लौट आये, जब उसके वापसी का ख्याल भी आपके ज़ेहन से जा चुका हो।

***********

3 साल बाद,

IPS officer का केबन,

"जय हिंद सर.."

पुलिस ऑफिसर यशवर्धन, DGP के कमरे में एंटर होते ही सैल्यूट करते हुए बोला।

तभी सामने की कुर्सी पर गहरी सोच में बैठा हुए रघुवेन्द्र प्रताप, जो कि एक फाइल पर अपनी नज़रे गढ़ाए हुए था, जवाब देते हुए एक दमदार आवाज में बोला "जय हिंद ऑफिसर"

"सर, मिशन की सभी तैयारियां हो चुकी है" ऑफिसर ने विश्राम की पोजीशन में आते हुए कहा।

"ऑफिसर, दिस मिशन इज वेरी इंपॉर्टेंट। आई होप आपने टीम को सारे इंस्ट्रक्शन दे दिये होंगे।"

"टीम पूरी तरह से तैयार है सर" ऑफिसर ने फुल एनर्जी के साथ जवाब दिया।

इस पर अपनी चेयर से उठकर खड़े होते हुए रघुवेन्द्र ने कहा "वैरी गुड ऑफिसर, तो हम अब से ठीक 2 घंटे में अपनी फाईनल location में पहुंचेंगे"

"OK सर "

"ऑफिसर, याद रहे इस मिशन में ज़रा सी भी चूक नहीं होनी चाहिए। इसलिए एक बार फिर से, आतंकवादियों के उस बिल्डिंग में होने की इंफॉर्मेशन को कन्फर्म करा लो और हां, ठीक 40 मिनट के बाद पूरी टीम के साथ मुझे मीटिंग रूम में मिलों"

"श्योर सर..." फुल एनर्जी के साथ ये कहकर पुलिस ऑफिसर यशवर्धन, रघुवेन्द्र प्रताप को सैल्यूट करते हुए केबिन से बाहर चले गया।

ऑफिसर यशवर्धन के बाहर जाते ही, रघुवेन्द्र फिर से अपनी चेयर पर बैठ गया। कुछ देर गहरी सोच में डूबे रहने के बाद वो एक बार फिर से टेबल में पड़ी फाइल को गौर से देखने लगा।

उस फाइल को देखते हुए रघुवेन्द्र ने एक पेपर पर कुछ नक्शे जैसा तैयार किया और उस नक्शे को गौर से देखने लगा। फिर कुछ ही देर में रघुवेन्द्र ने सामने पड़ा फोन उठाया और किसी को कॉल लगाई।

" ट्रिंग- ट्रिंग....."

अगले ही पल दूसरी ओर से, फोन रिसीव होते ही रघुवेन्द्र बोला "कुमार? कहाँ हो तुम इस वक्त?"

"जय हिन्द साहब, मैं तो अपने अड्डे पर ही हूँ। बताये क्या हुक्म है।"

*मिशन नक़ाब | 3*

"मुझे सीक्रेट टीम की जरूरत है, 5-5 के ग्रुप में अपने लोगों को तैयार रखना। नारंग नगर के पास जो सरकारी बिल्डिंग खाली पड़ी है वहां आतंकवादियों के होने की खबर मिली है। उसके आस पास अपने लोगों को तैनात कर दो। टीम को हर तरह की जरूरत के लिए तैयार रहने के लिए बोल देना क्योंकि ये मिशन जानलेवा भी हो सकता है।"

"ठीक है साहब, मेरे लोग उस बिल्डिंग के पास टाइम से पहुंच जाएंगे" दूसरी तरफ से ये जवाब मिलते ही रघुवेन्द्र ने कॉल डिस्कनेक्ट कर दी।

इस पूरे डिस्कशन के बाद, DGP रघुवेन्द्र प्रताप ने सामने टेबल में रखी अपनी कैप को पहना और रिवाल्वर को चेक करते हुए, वो निकल पड़ा मीटिंग रूम की ओर।

***********

मीटिंग रूम,

स्लाइड्स चेंज करते हुए रघुवेन्द्र प्रताप ने तीन आतंकवादियों की फोटो अपनी टीम को दिखाई जिसमें से दो के चेहरे फोटो में क्लीयर देखे जा सकते थे। लेकिन तीसरे आतंकवादी की फोटो बहुत ब्लर होने की वजह से उसका चेहरा कुछ भी समझ नहीं आ रहा था।

सभी फोटो को बारीकी से देखने के बाद, सरकारी बिल्डिंग की घेरा बन्दी का प्लान डिस्कस किया गया। सभी डिसक्शन कंप्लीट होते ही, DGP रघुवेन्द्र प्रताप ने मीटिंग रूम की लाइट ऑन कराते हुए दमदार आवाज में कहा "आई होप आप लोगों ने पूरा प्लान अपने दिमाग में सही से बैठा लिया होगा। कुछ भी ऊंच नीच होने पर, मेरे बाद ऑफिसर यशवर्धन इस मिशन को लीड करेंगे। लेकिन सभी को याद रहे हमें कोशिश करनी है कि हम उन तीनों आतंकवादियों को जिंदा पकड़ सके। एनकाउंटर हमारे लिए लास्ट ऑप्शन रहेगा। इज दैट क्लियर?"

"यस सर"

इसी गूंज के साथ रघुवेन्द्र प्रताप "ऑल द बेस्ट" कहते हुए, मीटिंग रूम से बाहर निकलकर अपनी जीप पर जा बैठे।

***********

कुछ देर बाद,

नारंग नगर के पास खाली पड़ी सरकारी बिल्डिंग की घेराबंदी कर ली गई थी। प्लान के अकॉर्डिंग धीरे-धीरे पुलिस की टीम इस बिल्डिंग के अंदर जाने की कोशिश करने लगी। इससे पहले की फर्स्ट 10 कांस्टेबल का ग्रुप उस बिल्डिंग के अंदर पूरी तरह से जा पाता, अचानक से आतंकवादियों की तरफ से फायरिंग शुरू कर दी गई।

ये देखते ही रघुवेन्द्र ने अपनी टीम को ऑर्डर देते हुए तेज़ आवाज में कहा "फायर..."

सामने से हो रही फायरिंग के जवाब में पुलिस ने भी गोलियों की बौछार शुरू कर दी। लेकिन कुछ ही मिनटों में गोलियाँ चलने का ये सिलसिला रघुवेन्द्र प्रताप के इशारे पर रोक दिया गया। जिसकी वजह थी आतंकवादियों की तरफ से अचानक रोक दी गई फायरिंग।

अचानक से, इस पूरी जगह पर सन्नाटा छा गया था। जो कहीं ना कहीं आने वाले तूफान से पहले का सन्नाटा था।

सभी का ध्यान पूरी तरह से बिल्डिंग के अंदर होने वाली हलचल पर था। लेकिन तभी अचानक, अंडर ग्राउंड पार्किंग की ओर से तेज रफ्तार में आती हुई एक जीप पुलिस टीम के कुछ लोगों को टक्कर मारते हुए वहाँ से बाहर निकली।

ये देखते ही पुलिस टीम के 2 गुटों ने फ्रंट पोजीशन लेते हुए, जीप पर गोलियाँ बरसाना शुरू कर दिया, लेकिन देखते ही देखते जीप उस जगह से बाहर निकल आई। ये देखकर बाकी के गुटों ने रघुवेन्द्र के इशारे पर उस बिल्डिंग के अंदर जाने का काम शुरू कर दिया।

वहीं रघुवेन्द्र अपनी जीप में कुछ 2-4 पुलिस वालों के साथ आतंकवादियों की जीप का पीछा करने के लिए निकल पड़ा। मौके की नज़ाकत को समझते हुए रघुवेन्द्र ने अपनी सीक्रेट टीम को लोकेशन से 5 किलोमीटर की दूरी पर घेराबंदी करने का ऑर्डर दे दिया।

कुछ ही मिनटों में आतंकवादियों ने 5 किलोमीटर की दूरी तय कर ली। लेकिन अचानक से उनकी गाड़ी, एक तेज धमाके के साथ डिसबैलेंस हो गई। गाड़ी को सम्भाल रहे, ड्राइविंग सीट में नकाब पहनकर बैठे आतंकवादी ने

जीप की स्पीड को फिर से बढ़ाने की कोशिश की। लेकिन जीप की स्पीड बढ़ने की बज़ाये, कुछ 100 मीटर आगे जाकर खुद-ब-खुद रुक गई।

अपनी जान बचाने के लिए आतंकवादी हाथों में बन्दूक लिए जीप से उतर कर, उसके आस पास छिपते छिपाते रघुवेन्द्र की जीप की ओर गोलियाँ चलाने लगे। लेकिन इससे पहले कि आतंकवादियों की गोलियों का शिकार कोई पुलिस वाला बनता, रघुवेन्द्र ने एक पुलिस वाले को ऑर्डर दिया "फायर...."

रघुवेन्द्र का ऑर्डर मिलते ही उस पुलिस वाले ने आतंकवादियों की जीप को मिनी मिसाइल से उड़ा दिया।

दूसरे ही पल आतंकवादियों के हाथों पर गोलियाँ चलवा दी गई। जिसकी वजह से उन आतंकवादियों के हाथ में थामी हुई बंदूकें जमीन पर जा गिरी।

लेकिन उन तीनों आतंकवादियों ने अभी तक हिम्मत नहीं हारी थी। गोली लगे हुए हाथों के साथ ही वो तीनों एक पास की गहरी खाई की ओर दौड़ पड़े।

गहरी खाई की ओर तीनों को दौड़ता हुआ देखकर जहाँ रघुवेन्द्र उनको जिंदा पकड़ने के लिए उनकी ओर दौड़ा, वहीं उसके साथ के पुलिस वाले, आतंकवादियों पर निशाना साधने को तैयार हो गये।

तभी तीन चार गोलियाँ साथ में चली। जिसमें से एक गोली सबसे पीछे भाग रहे आतंकवादी के सर में जा लगी। गोली लगने से वो आतंकवादी वहीं ढेर हो गया।

तभी आगे भाग रहे दोनों आतंकवादियों ने पीछे पलट के एक नज़र अपने साथी को जमीन पर गिरा हुआ देखा और अपने भागने की स्पीड दोगुनी कर दी।

कुछ ही सेकंड में, एक बार फिर से गोलियाँ चली और इस बार वो दोनों ही आतंकवादी घायल हो गये। पैरों में गोली लगने से दोनों के भागने की स्पीड कम तो हो गई, लेकिन अब भी वो पूरी तरह से रुके नहीं थे।

तभी आगे भाग रहे आतंकवादी ने जल्दी में अपने साथी का हाथ पकड़ते हुए खाई में छलांग लगा दी। लेकिन तब तक रघुवेन्द्र का हाथ पीछे वाले आतंकवादी की गर्दन पर पहुँच चुका था।

जितना हो सकता था रघुवेन्द्र ने उतनी ताकत के साथ उस आतंकवादी को पकड़ा हुआ था, लेकिन अब तक बहुत देर हो चुकी थी। दोनों आतंकवादी खाई में कूद चुके थे। लेकिन फिर भी रघुवेन्द्र की पकड़ उस तीसरे आतंकवादी के गले पर से ढ़ीली नहीं हुई थी। रघुवेन्द्र अपनी पूरी ताकत लगाते हुए उस आतंकवादी को पकड़ने की कोशिश में जमीन पर लेट गया और जोर से चिल्लाया "आहहह......"

रघुवेन्द्र की मजबूत पकड़ से उस आतंकवादी का आधा नकाब और उसके गले में पड़ी एक चैन टूटकर रघुवेन्द्र के हाथ में आ गई और वो आतंकवादी खाई में जा गिरा।

जल्दी-जल्दी में, नकाब का फटा हुआ टुकड़ा और वो चैन, जमीन पर फेंकते हुए रघुवेन्द्र फिर से उन आतंकवादी को पकड़ने की कोशिश कर ही रहा था कि तभी रघुवेन्द्र की नज़र उस गिरते हुए आतंकवादी के चेहरे पर पड़ी। जिसे देखते ही रघुवेन्द्र के पैरों तले जमीन खिंसक गई।

अचानक से बीते कल की यादें, रिपीट टेलीकास्ट में उसकी नज़रों के सामने घूमने लगी। वहीं बड़ी-बड़ी झील सी गहरी आँखें, परफेक्ट शेप के वो होठ और होठों के नीचे बना गहरे रंग का वहीं तिल।

इससे पहले की रघुवेन्द्र प्रजेंट में वापस आकर उस आतंकवादी को अपनी गिरफ्त में ले पाता, दोनों आतंकवादी खाई के उस घने जंगल में गिर चुके थे।

लेकिन जो कुछ भी अभी हुआ था, उसमें सच और झूठ में फर्क कर पाना रघुवेन्द्र के लिए बहुत मुश्किल था इसलिए उसकी नज़र अब भी खाई की ओर ही टिकी हुई थी।

इससे पहले की वो कुछ समझ पाता, किसी ने उसके कंधे पर हाथ रखा और एक आवाज रघुवेन्द्र प्रताप के कानों पर पड़ी "सर आर यू ओके?"

उस आवाज की ओर मुडकर खुद को संभालते हुए, एक कॉन्स्टेबल की हेल्प से रघुवेन्द्र उठ खड़ा हुआ। लेकिन उसके जेहन में अभी भी वहीं चेहरा घूम रहा था।

जैसे-तैसे खुद को संभालते हुए रघुवेन्द्र ने मारे गये आतंकवादी को पोस्टमार्टम के लिए भेजने का आर्डर दिया और वो सीधा अपनी जीप में बैठने चला गया।

जीप की ओर बढ़ते हुए रघुवेन्द्र के हर एक कदम के साथ, उसके जेहन में बीते कल की यादें तेजी से चलती चली जा रही थी। वो जीप तक पहुँचने ही वाला था कि तभी उसे आतंकवादी के नकाब और उस चैन का ख्याल आया, जो कुछ ही देर पहले, मुठभेड़ के वक्त उसके हाथ में आ गये थे।

ये ख्याल आते ही रघुवेन्द्र ऑलमोस्ट दौड़ते हुए उस खाई के पास जा पहुंचा और उस नकाब और चैन को ढूंढते हुए बड़बड़ाकर बोला "अभी तो यहीं पर था वो.. कहां चला गया?"

कुछ देर तक यहाँ-वहाँ देखने के बाद रघुवेन्द्र को वो दोनों ही चीजें मिल गई।

वो दोनों चीज़े अपने हाथ में लेकर रघुवेन्द्र ने पहले नकाब के उस टुकड़े को गौर से देखा और फिर अपने उल्टे हाथ में पकड़ी हुई चैन को गौर से देखने लगा।

ये चैन दिखने में मामूली सी थी, लेकिन इसमें बहुत ही सलीके से बांधी थी एक पेन ड्राइव। जो रघुवेन्द्र के दिलों दिमाग में एक साथ कई सारे सवाल खड़े कर रही थी।

पेन ड्राइव को उलट पलट करके देखते हुए, एक बार फिर से रघुवेन्द्र के जेहन में वही बड़ी-बड़ी झील सी गहरी आँखें घूमने लगी और देखते ही देखते अपनी पुलिस टीम की नज़रों से बचकर रघुवेन्द्र ने वो पेन ड्राइव अपनी जेब में रख ली।

फिर तुरंत ही उसने अपना फोन निकाला और सीक्रेट टीम के लीडर के लिए मैसेज टाइप किया "खाई में गिरे हुए दोनों आतंकवादियों को अपनी गिरफ्त में ले लो और याद रहे, घायल मेहमानों की खातिरदारी में कोई कमी ना रहे।"

ये मैसेज डिलीवर होते ही रघुवेन्द्र एक बार फिर से अपनी जीप की तरफ बढ़ गया। इस मैसेज में रघुवेन्द्र ने कहीं ना कहीं उस जाने पहचाने से दिखने वाले आतंकवादी को सीक्रेट अड्डे पर फुल मेडिकल ट्रीटमेंट देने का ऑर्डर भी दे दिया था।

रघुवेन्द्र जीप तक पहुँचा ही था की तभी ऑफिसर यशवर्धन भी अपनी टीम के कुछ और सिपाहियों के साथ वहां पहुंच गया। उसके आने तक एनकाउंटर में मारे गये एक आतंकवादी की शिनाख्त कर ली गई थी।

ऑफिसर यशवर्धन ने लोकेशन पर आते ही रघुवेन्द्र को सैल्यूट करते हुए कहा "सर... बिल्डिंग को पूरी तरह से सील कर दिया गया है और वहां पर मौजूद समान को देखकर लग रहा है की ये तीनों जरूर किसी बड़े मकसद को अंजाम देने वाले थे। बाकी की छानबीन के लिए मेरी टीम के कुछ लोग अभी भी उसी जगह पर है।"

ऑफिसर यशवर्धन की बात सुनते ही रघुवेन्द्र उसकी पीठ थपथपाते हुए बोला "वेल्डन ऑफिसर.... तुम अपनी टीम के साथ इस जगह की भी पूरी छानबीन कर लो। बाकी के दोनों आतंकवादी पहले से ही घायल पोजीशन में है। वो ज़्यादा दूर भाग नहीं पाएंगे।"

"ओके सर..." ऑफिसर यशवर्धन ने सैल्यूट के साथ दमदार आवाज में कहा और अपनी टीम को इन्स्ट्रक्शन देने के लिए जा पहुँचा।

वहीं रघुवेन्द्र, ऑफिसर यशवर्धन को प्रेजेंट लोकेशन की भी जिम्मेदारी सौंपकर अपने ऑफिसर्स क्वार्टर की ओर निकल गया।

************

रघुवेन्द्र का घर,

एक 2bhk ऑफिसर्स क्वार्टर का मेन दरवाजा खोलते ही रघुवेन्द्र सीधा अपने लैपटॉप की ओर भागा। उसने लैपटॉप ऑन करते हुए अपनी जेब से पेन ड्राइव निकाली और कुछ सेकंड तक उसे गौर से देखता रहा।

फिर पेन ड्राइव को लैपटॉप में लगाकर रघुवेन्द्र ने उसका डाटा देखना शुरू करा ही था कि उसे उसमें कुछ विडियोज मिली।

कुछ 5-6 विडियोज में से उसने एक वीडियो ऑन किया तो वो विडियो किसी बच्चे का था। कुछ देर बारीकी से उन सभी विडियो को देखने के बाद रघुवेन्द्र ने एक गहरी सांस ली और फिर बुदबुदाते हुए बोला "हे भोलेनाथ.... जो भी मुझे लग रहा हैं, काश ये सब झूठ हो..."

*मिशन नक़ाब | ९*

रघुवेन्द्र अब तक बहुत कुछ समझ चुका था और अब कुछ बाकी था तो उन झील सी गहरी आँखों का, एक बार फिर से आमना-सामना।

वो सभी वीडियो अपने पास सेव करके रघुवेन्द्र ने तुरंत अपनी सीक्रेट टीम के हेड को कॉल लगाया।

कॉल रिसीव होते ही दूसरी ओर से आवाज आई "जय हिंद साहब"

"जय हिंद कुमार, मैंने जो कहा था, वो काम हो गया?" रघुवेन्द्र ने पूछा।

"जी साहब, आपका काम हो गया है। लेकिन डॉक्टर के एकोर्डिंग दोनों की ही कंडीशन बहुत क्रिटिकल है। इंफेक्शन उनकी बॉडी में काफी फैल चुका है।"

ये सुनकर अचानक ही रघुवेन्द्र कि दिल की धड़कने काफी तेज हो गई। जिसकी वजह से वो कुछ देर के लिए शांत हुआ और फिर खुद को संभालते हुए बोला "ठीक है कुमार, उन दोनों को अंडर ऑब्जर्वेशन रखना। मुझे वो दोनों हर हाल में जिन्दा चाहिए..."

लेकिन इससे पहले की रघुवेन्द्र कॉल कट करता। कुमार थोड़ा हिचकिचाते हुए बोला "साहब एक बात और.. यहाँ हमें किसी लेडी स्टाफ की जरूरत पड़ेगी, आप कहे तो मैं किसी का इंतजाम कर दूँ?"

"नहीं तुम रहने दो.. मैं देख लूंगा और हाँ, आज रात के लिए मैं वहीं रहूंगा। मुझे उस आतंकवादी से जुड़ी कुछ जरूरी चीजें चेक करनी है। तो अपनी टीम को सिर्फ बाहर की तरफ से सिक्योरिटी पर रखना..."

ये कह कर रघु ने कॉल कट कर दिया और वो अपने दिल की धड़कनों को नार्मल करने की कोशिश करने लगा। लेकिन रह-रह कर रघुवेन्द्र के दिल और दिमाग में, बीते कल की यादें रिपीट टेलिकास्ट में चल रही थी। जिसे कंट्रोल कर पाना अब उसके बस की बात नहीं थी।

**************

# 2

## नकाबपोश लड़की

वो अतीत जो अब सिर्फ एक याद बनकर रह चुका हो। किसी ना किसी रोज़ आपके सामने आकर खड़ा जरूर होता है।

तब फैसला आपको लेना है की आप उससे कैसे निपटते है।

**************

अतीत की यादों का पीछा करते हुए रघुवेन्द्र ठीक 3 साल पहले हुई उस मुलाकात की यादों में खो गया, जहां उसने पहली बार इन आँखों को देखा था।

**Flashback 1 Start...**

3 साल पहले,

सर्दियों का वक्त,

शाम के करीब 5 बजे,

एक भीड़ भरी मार्केट से अचानक तेज रफ्तार में एक नकाबपोश लड़की बाहर की ओर निकली। शायद कुछ ढूंढ रही थी वो या फिर शायद किसी से छिपकर भाग रही थी।

थोड़ी-थोड़ी देर में पीछे पलटकर तेज रफ्तार में आगे की ओर जाते हुए उसकी साँसे किसी सुपरफास्ट ट्रेन की स्पीड में भाग रही थी। ब्लू शर्ट, ब्लैक जीन्स और स्पोर्ट्स शूज़ में उसने अपनी पूरी बॉडी को अच्छे से कवर किया हुआ था।

बार-बार पीछे पलट कर देखते हुए, वो सीधा रोड पर खड़ी एक टैक्सी के पास जाकर रुकी और कार के अंदर झांकते हुए बोली "एक्सक्यूज मी? शिखर एंक्लेव चलो.."

इतना कहकर उसने कार के पीछे का दरवाजा खोला ही था, कि तभी ड्राइविंग सीट से एक लड़के की आवाज आयी "सॉरी मैडम, अभी टैक्सी फ्री नहीं है"

"लेकिन टैक्सी तो खाली है?"

धीमी सी आवाज़ में उस लड़की ने कहा और फिर थोड़ा तेज आवाज में बोली "सुनो मैं थोड़ी जल्दी में हूँ, मेरा जल्दी घर पहुंचना बहुत जरूरी है। तुम्हें जितने भी पैसे चाहिए हो मैं तुम्हें दे दूंगी। लेकिन अभी के लिए प्लीज मुझे शिखर एंक्लेव ले चलो"

ये बात उस लड़की ने रिक्वेस्ट करते हुए कही थी। लेकिन गाड़ी के ड्राईवर पर इस रिक्वेस्ट का कोई असर नहीं हुआ।

इसलिए ड्राइविंग सीट पर बैठा, 25-26 साल का वो नौजवान लड़का पीछे मुड़कर उसकी ओर देखते हुए बोला "मैडम प्लीज समझने की कोशिश करिये, अभी मुझे कोई सवारी नहीं बैठानी... मैं अभी थोड़ा जल्दी में हूँ।"

इससे पहले कि वो लड़की और कुछ कह पाती, अचानक से उसे एक शोर सा सुनाई दिया जो की पास के ही एक मोड़ से मुड़कर उस साइड आ रहे लगभग 200 & 300 लोगों के झुंड का था। जो सभी तेज आवाज में भक्तिमय गानों के साथ नाचते गाते वहां से गुजर रहे थे।

इस भीड़ को देखकर, ड्राइविंग सीट में बैठे लड़के ने बहुत रूड तरीके से पीछे खड़ी उस लड़की को कार का दरवाजा बंद करने का इशारा किया।

इस तरह का रूड बिहेवियर देख वो लड़की गुस्से में कार का दरवाजा जोर से पटकने की कोशिश करते हुए, दूसरी टैक्सी की तलाश में वहाँ से थोड़ा दूर चली गयी।

लेकिन कुछ ही सेकंड में, वो झूंड़ इस टैक्सी के पास आ पहुँचा और टैक्सी उसी भीड़ के बीच अटक कर रह गयी। वहीं कुछ दूरी पर दूसरी टैक्सी की तलाश करती वो नकाबपोश लड़की भी भीड़ की वजह से अपनी ही जगह पर अटक कर रह गई।

वो लड़की डरी सहमी सी यहाँ वहाँ देखे जा रही थी, उसकी आँखों को देखकर ऐसा लग रहा था मानों वो किसी को ढूंढ रही हो या फिर किसी से छुपने की कोशिश कर रही हो।

*मिशन नक़ाब | 12*

तभी अचानक, उस लड़की की नज़र इस भीड़ के अपोजिट डायरेक्शन से चल कर आते हुए 4-5 विलेन टाइप दिख रहे आदमियों पर पड़ी। वो आदमी नॉर्मल से कपड़े पहने हुए थे और सभी की नजरें शायद इसी लड़की को ढूंढ रही थी।

गौर से इन आदमियों की ओर देखने पर इस लड़की को उन सभी की जेबों में रखी हुई बंदूकें दिखाई दे गई और ये देखते ही वो हड़बड़ाते हुए खुद से बोली "ओह शीट... अब मैं क्या करूं? ये लोग मुझे देख ना ले..."

ये कहते ही वो हड़बड़ाहट में खुद को कहीं छिपाने की कोशिश में लग गयी। वो कभी खुद को किसी शॉप में छिपाने की कोशिश करती, तो कभी, रोड के किनारे में खड़े आम लोगों के झुंड में।

खुद को छिपाने की जगह ढूंढते-ढूंढते, वो लोगों से भरी एक दुकान में साइड पर जाकर खड़ी हो गई। लेकिन अब भी सेफ ना महसूस करने की वजह से उसकी नजरें कोई और रास्ता ढूंढ रही थी।

तभी उसकी नज़र दोबारा से उसी टैक्सी पर पड़ी, जिसमें कुछ देर पहले टैक्सी के ड्राइवर ने उसे बैठाने से मना कर दिया था। उस टैक्सी को देखते हुए वो बुदबुदाकर बोली "अब ये टैक्सी ही मुझे यहां से बाहर लेकर जा सकती है..."

उस टैक्सी में इस वक्त ड्राइविंग सीट पर बैठा वो नौजवान लड़का, कभी अपने हाथ पर बंधी घड़ी को देख रहा था, तो कभी कार के साइड मिरर पर देखते हुए खुद के बाल सही कर रहा था और फिर कभी उन नाचते गाते लोगों के झुंड को देख रहा था।

लेकिन बीच-बीच में वो अपने हाथ जोड़ के ऊपर की ओर देखते हुए कुछ बोल भी रहा था।

उस टैक्सी ड्राइवर को दूर से देखकर साफ-साफ पता चल रहा था कि वो इस वक्त बहुत जल्दी में है और इसी बात का फायदा उठाने के बारे में सोचकर एक बार फिर, वो नकाबपोश लड़की छिपते-छिपाते, उस टैक्सी की ओर चल दी।

टैक्सी के थोड़ा नज़दीक आकर उसने पहले गौर से उस हैंडसम टैक्सी ड्राइवर को देखा और फिर उसकी टैक्सी की बैक सीट के डोर को खोलने का तरीका सोचते हुए टैक्सी का इंस्पेक्शन करने लगी।

ये इंस्पेक्शन करते हुए उसे पता चला की टैक्सी का वो दरवाजा जो उसने गुस्से में जोर से पटक कर बंद करने की कोशिश की थी। वो अभी तक सही से बंद ही नहीं हुआ है।

ये देखते ही उसने एक बार फिर से सरसरी नज़र से विलेन टाइप दिख रहे उन आदमियों की ओर दोबारा से देखा और पलक झपकते ही उन आदमियों की नजरों से खुद को बचाकर टैक्सी के बिल्कुल बगल में जा पहुंची और फिर ओपन वाले डोर के साइड पर नीचे को छिपकर बैठ गयी।

उसे ऐसे छिपकर बैठे हुए 2 मिनट ही हुए थे कि तभी उसे टैक्सी स्टार्ट होने की आवाज आयी। उस लड़की ने जल्दी से दोनों ओर के रास्ते पर अपनी नज़र दौड़ाई, जहाँ एक तरफ पाँच विलेन टाइप दिख रहे आदमी भीड़ को चीरते हुए उसकी ओर ही बढ़ रहे थे वहीं दूसरी ओर अब रोड पर उमड़ी हुई भीड़ भी कम होने लगी थी।

पूरी सिच्वेशन को सही से देख लेने के बाद उस लड़की ने खुद से धीमी आवाज में कहा.. "यही सही टाइम है..... मुझे टैक्सी में बैठ जाना चाहिए। वरना आज मैं पकड़ी जाऊंगी और अगर आज मैं पकड़ी गई तो? तो सब कुछ... सब कुछ खत्म हो जायेगा"

ये बोलते बोलते, कुछ देर के लिए वो अपने ही ख्यालों में खो गई और फिर दूसरे ही पल बहुत ही परेशान सी होकर, वो एक बार फिर से मन ही मन बुदबुदाई "नहीं नहीं, अभी मेरा यहाँ से निकलना बहुत जरूरी है। वरना.. वरना ये पूरा का पूरा मिशन खत्म हो जायेगा और अगर ये मिशन खत्म हो गया तो हो सकता है की मेरा सब कुछ खत्म हो जाये।"

ये सोचते ही उसका मन घबरा गया और वो बेचैन होते हुए बोली "नहीं. कुछ भी हो जाये मुझे आज यहाँ से बचकर निकलना ही होगा। मुझे उसके लिए यहां से बाहर निकलना ही होगा। लेकिन ये डोर ओपन करते हुए मुझे केयरफुल रहना होगा, वरना ये टैक्सी ड्राइवर मुझे फिर से बैठाने से मना कर देगा..."

वो अपने आप में बड़बड़ाते हुए, टैक्सी का डोर ओपन करने में लग गयी। कुछ ही सेकंड में वो डोर बिना किसी आवाज के ओपन भी हो गया और वो लड़की टैक्सी की पीछे वाली सीट में नीचे को छिपकर जा बैठी। फिर उसने जल्दी से बिना कोई आवाज किये ही डोर बंद भी कर लिया।

तेज आवाज में चल रहे भक्तिमय गानों की वजह से टैक्सी ड्राइवर को कुछ भी पता नहीं चल पाया और वो रोड के थोड़ा सा खाली होते ही अपनी मंजिल की ओर निकल पड़ा।

************

टैक्सी को स्टार्ट होकर जाता हुआ महसूस करके, उस लड़की ने चैन की साँस ली और यू ही छिपे-छिपे इस मार्केट वाले एरिया से बाहर निकलने का वेट करने लगी। कुछ देर यूं ही इंतजार करते हुए उसे ना जाने कब गहरी नींद आ गयी, उसे खुद ही पता नहीं चला।

वो चैन से पीछे वाली सीट के नीचे को छिपकर सो चुकी थी और आगे की सीट पर बैठा हुआ वो हैंडसम सा लड़का, अपनी मंजिल की ओर बढ़ते हुए, भीड़ वाले एरिये से बाहर निकल गया।

फिर लगभग 1 घंटे बाद वो मूवी के डायलॉग फुल फील के साथ गुनगुनाते हुए बोला "हम जहा खडे हो जाते है लाइन वही से शुरू होती है। हा हा हा हा हा.."

"वन मोर.?"

"रिश्ते में तो हम तुम्हारे बाप लगते है नाम है शहंशाह..."

"नाव लास्ट डायलॉग ऑफ द डे..."

"रघु नाम तो सुना ही होगा"

ये सब डायलॉग बोलते हुए रघु खुद ही खुद में खुश हुए जा रहा था और खुश होते-होते उसने अपनी टैक्सी का रेडियो ऑन कर दिया।

जिसमें इस वक्त एक सॉन्ग चल रहा था। ये गाना सुनते ही रघु उसके साथ-साथ में गुनगुनाने लगा "ये शाम मस्तानी, मदहोश किये जाये। मुझे डोर कोई खींचे.. तेरी ओर लिए जाए।।"

कंटीन्यूअसली चलते हुए करीब-करीब 2 घंटे से ज्यादा हो चुका था और इस पूरे टाइम में रघु को एक बार भी कार में किसी और के प्रजेंट होने का अंदेशा तक नहीं हुआ। वो अपनी ही धुन में गाने गुनगुनाते हुए चले जा रहा था।

कि तभी रेडियो खुद-ब-खुद डिस्कनेक्ट हो गया और रेडियो के बंद होते ही रघु अपना हाथ जोर से स्टेयरिंग व्हील में मारते हुए बोला "शीट यार बस

यहीं, यहीं वो चीज है जो मुझे मानसरोवर से प्यार करने से रोकती है, ये डिस्कनेक्टिविटी। सिग्नल तो बस नाम के आते है यहाँ, ढूंढने से भी मिल जाये तो बहुत बड़ी बात है। चलो रघु भाई अब कुछ दिन के लिए भूल जाओ अपना ये गाना-शाना..."

ये कहते हुए, रघु ने रेडियो का बटन ऑफ कर दिया और कार की स्पीड दोगुनी करते हुए वो एक बार फिर से खुद ही मूवी के फेमस डायलॉग और सॉन्ग गुनगुनाने लगा।

अपने ही सुर में डायलॉग बोलते हुए रघु ने कहा "डॉन को पकड़ना मुश्किल ही नहीं नामुमकिन है"

की तभी अचानक, उसकी गाड़ी के सामने से एक जानवर गुजरा। जिसे देखते ही रघु ने जोरदार ब्रेक लगाया और हँसते हुए बोला "जय भोले शंकर. तूने बचा लिया आज, वरना इस काली रात में बेचारा हिरन अपनी जान गंवा बैठता"

ये बोलते हुए, अचानक से रघु की नज़र पीछे की तरफ गई। पीछे की सीट में बैठी हुई नकाबपोश लड़की अपना सिर सहला रही थी। जो इस वक्त गाड़ी में तेज ब्रेक लगने की वजह से जग चुकी थी और अपने सिर में चोट लग जाने की वजह से सीट में बैठ कर अपना सिर सहला रही थी।

उस पर नज़र पड़ते ही रघु जय भोले शंकर बोलते-बोलते जोर से चिल्ला पड़ा "भू भू भूत..."

अपनी कार में बैठी उस नकाबपोश लड़की को देख, रघु घबराकर इतनी जोर से चिल्लाया की उसकी देखा देखी वो नकाबपोश लड़की भी आधी नींद में होने की वजह से जोर से चिल्ला पड़ी "भूत...."

इसी चीख़ पुकार के बीच, रघु ने गाड़ी से बाहर भागने के लिए कार का दरवाजा ओपन करने की कोशिश की और फिर दरवाजा नहीं खुल पाने की वजह से उसने, जल्दी-जल्दी में कार की अंदर वाली लाइट ऑन कर दी।

फिर वो तुरंत लड़खड़ाती हुई आवाज में गुस्सा दिखाने की कोशिश करते हुए बोला "क.. क... कौ... कौ.. कौन हो तुम? यहाँ क्या कर रही हो?"

**************

# 3

# यू इडियट!

एक बार को सोच कर देखिये...

किसी अँधेरी रात में, सुनसान सड़क पर जाते हुए, अचानक ही आपको आपकी गाड़ी की बैक सीट पर कोई नकाबपोश लड़की बैठी हुई दिखे।

कैसा महसूस करेंगे आप?

***************

"क.. क... कौ... कौ.. कौन हो तुम? यहाँ क्या कर रही हो?"

रघु के इस सवाल पर वो लड़की भी हड़बड़ाते हुए थोड़ी तेज़ आवाज में बोली "यू इडियट! मैं पैसेंजर हूँ। देखो अब ये मत कहना कौन पैसेंजर? कैसी पैसेंजर? क्यों बैठी मेरी गाड़ी में? तुम्हें इतना तो पता होगा ना, की एक पैसेंजर टैक्सी में क्यों बैठता है? ये बताने की जरूरत तो नहीं है ना मुझे तुमको?"

नकाबपोश लड़की की ऐसी बातें सुनकर रघु कांपते हुए गुस्से में बोला "ओ हैलो, ये ज्यादा ओवर स्मार्ट बनने की जरूरत नहीं है, साफ-साफ बताओ तुम यहाँ मेरी गाड़ी में आयी कैसे? मैंने तो तुमको गाड़ी में नहीं बैठाया... कहीं तुम कोई भूत तो नहीं हो?"

रघु की कही हुई ये बात सुन उस लड़की ने भी गुस्से में तिलमिलाते हुए कहा "ऐ हैलो, भूत होगे तुम और मुझे ये अपना फालतू का गुस्सा मत दिखाओ, तमीज से बात करो मुझसे। एक तो इतनी जोर से चिल्लाकर मुझे डरा दिया तुमने, फिर मुझे ही धमका रहे हो। लिसन मुझे अच्छे से पता है कि मैं तुम्हारी गाड़ी में बिना तुम्हारी परमिशन के बैठ गई थी और इसमें बैठते ही मुझे नींद आ गई। लेकिन मैं और क्या करती? उस वक्त मैं बहुत जल्दी में थी और तुम कामचोर टैक्सी ड्राइवर, मुझे टैक्सी में बैठाने से मना कर रहे थे। मजबूरन मुझे ऐसे छिप के तुम्हारी गाड़ी में बैठना पड़ा। आया कुछ समझ? एक तो वहां पर

और कोई भी टैक्सी अवेलेबल नहीं थी, ऊपर से तुम नख़रे कर रहे थे। बताओ ऐसे में, मैं और क्या करती?"

अपनी बात पूरी करते ही उसने एक गहरी साँस ली और इससे पहले की रघु कुछ कहता, उस लड़की ने फिर से अपनी बात कंटिन्यू करते हुए कहा "चलो माना तुम अपना काम ईमानदारी से नहीं करते, पर कम से कम तुम में थोड़ी इंसानियत तो होनी ही चाहिए ना। लेकिन नहीं, तुम में तो थोड़ी बहुत इंसानियत भी नहीं है। मैंने तुमसे कहा भी था कि मुझे जरूरी काम है और मुझे लेट हो रहा है। इन्सानियत के नाते ही एक बार को तो पूछ लेते कि मैं जल्दी में क्यों थी? लेकिन नहीं तुमको तो बस मुझे एटीट्यूड दिखाना था।"

रघु से अपनी बात बोलते हुए, उस लड़की की नज़र अचानक से कार के बाहर की ओर गयी। इससे पहले कि रघु फिर से गुस्से में कुछ कहता। वो लड़की बाहर की ओर इशारा करते हुए चौंक कर धीमी सी आवाज़ में बोली "ये बाहर इतनी जल्दी, इतना अंधेरा कैसे हो गया?"

उसकी धीमें से बोली गई ये बात, रघु के कानों तक भी पहुंच चुकी थी। जिसे सुनकर, रघु बाहर की ओर देखकर हँसते हुए बोला "शायद सूर्य भगवान को भी मेरी तरह पता नहीं था ना, की मेरी टैक्सी में एक मैडम सो रही है। वरना वो भी इन्सानियत के नाते आज थोड़ा देर से अपने घर जाते"

"वट डू यू मीन? क्या टाइम हुआ है अभी?"

वो लड़की गुस्से और घबराहट के मिले जुले एक्सप्रेशन में चिल्लाकर, अपनी जेब से फोन निकालने की कोशिश करने लगी।

लेकिन इससे पहले की वो अपने फोन में टाइम देख पाती, रघु ने मुस्कुराकर अपने फोन की स्क्रीन उस लड़की की तरफ दिखाते हुए कहा "आठ, मेरा मतलब है 8 pm... मैडम जी।"

"ओह प्लीज... तुम अपनी बकवास बन्द करो.."

रघु पर जोर से चिल्लाते हुए उस लड़की ने कुछ ही सेकंड में अपना फोन ऑन कर लिया और तुरंत ही टाइम देखते हुए बोली "शीट... ओह शीट, आई कांट बिलीव दिस। मैं 2 घंटे से यहां सीट के नीचे बैठे-बैठे सो रही थी? ऐसा कैसे कर सकती हूँ मैं?"

रघु उस लड़की की बात सुनकर पहले तो मन ही मन मुस्कुराया और फिर अपने हाथ में बंधी घड़ी में टाइम देखते हुए सीरियस होकर बोला "2 घंटे से नहीं, उससे भी ज्यादा टाइम से। चलो कोई नहीं, हो जाता है कभी-कभी ऐसा भी। शायद आप अपने बिज़ी शेड्यूल की वजह से काफी ज्यादा थक गई थी"

रघु के ये कहते ही, कुछ 5 सेकेंड के लिए गाड़ी में पिन ड्रॉप साइलेंस हो गया। तभी उस लड़की को काफी चुप-चुप सा बैठा देख रघु ने कहा "ओके मैडम, आप अपना ये रोना धोना चालू रखो। मुझे लेट हो रहा है तो मैं चलता हूँ अब..."

इतना बोल कर रघु, उस लड़की का गाड़ी से उतरने का वेट करने लगा। लेकिन कोई भी जवाब न मिलने पर उसने फिर से पीछे मुड़कर उस लड़की की ओर देखते हुए कहा "तो ठीक है मैडम, आप उतर सकती है अब गाड़ी से। डोर अनलॉक कर दिया है मैंने"

रघु की बात सुनकर, वो लड़की गुस्से से उसे घूरते हुए बोली "किस टाइप के इंसान हो यार तुम? एक अकेली लड़की को यहाँ जंगल के बीचों-बीच ऐसे अकेला छोड़ के जाने को तैयार हो? वो भी इतनी रात में? और वो भी तब जब मुझे पता भी नहीं है कि इस वक्त मैं हूँ कहाँ।"

"ओहोहोहोहोहोहो, ये अबला नारी वाली बातें आप पर सूट नहीं कर रही मैडम। वो लड़की जो छिपकर लगभग 2 घंटे से मेरी गाड़ी में बैठी थी और मुझे पता भी नहीं लगने दिया। उस लड़की के लिए क्या रात और क्या जंगल? अब बस बहुत हो गया, आप उतरों गाड़ी से और मुझे बख्श दो.." रघु ने गुस्से में बोलते हुए, अपने दोनों हाथ उसके सामने जोड़ दिये।

रघु का ये बिहेवियर देख, वो लड़की कुछ सोचते हुए बोली "ठीक है, मैं उतर जाऊँगी तुम्हारी गाड़ी से, ज्यादा नौटंकी करने की जरूरत नहीं है। तुम जाओ और मेरे लिए कोई टैक्सी का इंतजाम कर दो। फिर मैं चली जाऊंगी..."

उस लड़की ने ये बात इतने रॉब से कहीं थी कि, उसकी ये बात सुनकर रघु अजीब तरफ से हंसने लगा और फिर अचानक से सीरियस होते हुए गुस्से में बोला "ओ मैडम, मैं टैक्सी जरूर चलाता हूँ पर नौकर नहीं हूँ आपका। टैक्सी से उतर के अपने लिए खुद से गाड़ी ढूंढिए और मुझे सच में बहुत लेट हो रहा है तो प्लीज जल्दी उतरीये मेरी टैक्सी से। मुझे जाना है..."

"ओ मिस्टर, तुम अपनी जिम्मेदारियों से ऐसे मुँह नहीं मोड़ सकते, समझे?"

उस लड़की से ऐसा जवाब सुनकर रघु कुछ कंफ्यूज सा होते हुए बोला "जिम्मेदारी? कौन सी जिम्मेदारी?"

रघु को यू कंफ्यूज होता देखकर वो लड़की तपाक से बोली "मैं, और कौन? भूलो मत मैं इस सिच्वेशन में तुम्हारी वजह से फंसी हूँ और अब तुम्हारी जिम्मेदारी है मुझे मेरी जगह पर सही सलामत पहुँचाना। आया कुछ समझ?"

"अरे ये अलग जबरदस्ती है, मेरी जिम्मेदारी तो तब होती ना, जब में तुम्हें अपनी टैक्सी में बैठाकर लेकर आया होता और मुझे पता होता की तुम टैक्सी में हो। सवारी को उसकी डेस्टिनेशन में पहुंचाने के लिए मुझे पता भी तो होना चाहिए, कि गाड़ी में कोई सवारी है भी? ऐसे चोरी-छिपे टैक्सी में घुसने वालों की जिम्मेदारी कोई नहीं लेता मैडम और हाँ, एक बात और ये पूरी सिच्वेशन जो बन गई है ना वो भी आपकी ही वजह से है। मेरी वजह से नहीं फंसी है आप यहाँ पर।" रघु ने पूरा मैटर क्लियर करने की कोशिश करते हुए कहा।

रघु के इस लंबे चौड़े भाषण को ध्यान से सुनकर वो लड़की कुछ देर के लिए शांत हो गयी और फिर कुछ सोचते हुए बोली "अच्छा मान लिया मैंने, मेरी गलती थी। मुझे ऐसे चोरी-छिपे टैक्सी में नहीं बैठना चाहिए था। लेकिन अब तुम मेरी मदद तो कर सकते हो ना? चलो ठीक है... अब ये पैसे रखो अपने पास और मुझे सही से मेरी डेस्टिनेशन तक पहुंचा दो।"

रघु के बगल वाली सीट पर अब 500 के लगभग 10-12 नोट पड़े हुए थे। जिसे देखकर, रघु बहुत परेशान सा होने लगा। वो कभी उस नकाबपोश लड़की को देखता तो कभी सीट पर पड़े उन पैसों को और फिर कुछ ही देर में वो सीरियस सा फेस बनाते हुए बोला "ये पैसे अपने पास रखो मैडम, मुझे नहीं चाहिए ये। लेकिन हाँ, आपको जरूर जरूरत पड़ेगी इसकी। मेरी टैक्सी से उतरने के बाद..."

रघु का ये रूड बिहेवियर देखकर, उस लड़की ने सीट पर कुछ पैसे छोड़कर, कुछ पैसे वापस उठा लिए और फिर गुस्से में बोली "ओके फाइन, मैं उतर रही हूँ तुम्हारी इस खटारा टैक्सी से। बस तुम मुझे ये बता दो की यहाँ से कितनी देर में गाड़ी मिल जाएगी और कहाँ तक के लिए मिलेगी?"

ये कहते हुए उस लड़की ने, बैक सीट का डोर लगभग ओपन कर ही दिया था कि तभी उसके क्वेश्चन पर रघु बड़े ही नॉर्मल तरीके से बोला "गाड़ी तो आती-जाती रहती है यहाँ से। टैक्सी, बस, कार कुछ भी मिल जायेगा आपको। बस थोड़ा इंतजार करना पडेगा। एक या दो घण्टे में आ ही जाता है कुछ ना कुछ और हाँ एक बात और यहां पर थोड़े जंगली जानवरों की प्रॉब्लम है। कभी-कभी निकल आते है रोड़ पर। तो देख लेना आप सही से। ठीक है मैडम जी"

रघु की ऐसी बातें सुनने के बाद, वो लड़की जैसी थी वैसे ही फ्रीज सी गयी और रघु के बात खत्म करते ही, वो उसकी ओर देखकर गुस्से में बोली "तुम किस टाइप के इंसान हो? तुम्हें कोई फर्क ही नहीं पड़ता ना? कोई जिंदा रहे या फिर ना रहे? खैर छोड़ो तुमसे क्या ही बात करूं मैं। अब तो इस टैक्सी में बैठने से अच्छा है, मैं पैदल ही चली जाऊं वापस।"

ये कहते हुए वो लड़की रघु की टैक्सी से उतर ही रही थी कि तभी रघु बोला "मैडम, यहाँ से पैदल वापस जाने में कल सुबह तक का टाइम लग सकता है आपको और वो भी तब जब आप जंगली जानवरों से बच के जिंदा रह पाएंगी। वैसे जानकारी के लिए मैं आपको बता दूं, हम लगभग 70 km आगे आ चुके है पंचकूला से।"

**************

# 4

# नाम क्या है आपका?

"एक अनजान लड़की, जो अचानक ही आपकी गाड़ी में प्रकट हो गई हो।
उसके साथ कैसा बर्ताव करना चाहेंगे आप?"

***************

इस सुनसान सड़क पर यहाँ वहाँ देखती वो लड़की, रघु की बात खत्म होने से पहले ही, परेशान सी होकर टैक्सी के बाहर खड़ी हो चुकी थी और अब बिना कुछ बोले ही वो बीच-बीच में गुस्से से रघु को घूरे जा रही थी।

रघु भी उसी की ओर देख रहा था और उसे यूं घूरता हुआ देखकर हड़बड़ाते हुए बोला "मेरा मतलब... मेरा मतलब है कि आप चाहो तो मेरे साथ मेरे गाँव, मानसरोवर चल सकती हो। यहाँ से कुछ 2-4 किलोमीटर ही दूर है। वहाँ पर एक छोटा सा होटल भी है उसमें आपको रूम भी मिल जायेगा और कल सुबह की गाड़ी से आप वापस निकल जाना, जहां जाना हो आपको वहाँ के लिए"

रघु की बात सुनकर, कुछ सोचते हुए वो लड़की बोली "फाइनली तुमने कुछ तो ढंग की बात कहीं। चलो.. उसी होटल में छोड़ दो मुझे"

चैन की एक लम्बी साँस लेते हुए, ये कहकर वो लड़की फिर से कार में बैठ गय़ी और मन ही मन खुद से बोली "ये ड्राइवर अचानक से मुझ पर ऐसे महेरबान कैसे हो गया? कहीं कुछ गड़बड़ तो नहीं है..."

वो ये सब सोच ही रही थी की तभी दूसरे ही पल उसे समझ आया की इस मेहरबानी की वजह हो ना हो, वहीं 500 के नोट है जो मैंने कुछ देर पहले इसकी तरफ बढ़ाए थे।

वो लड़की वापस से गाड़ी में बैठ के इन्हीं खयालों में खोई हुई थी और वहीं रघु अब हाथ जोड़ के "जय भोले शंकर" बोलते हुए, गाड़ी स्टार्ट करके मानसरोवर की ओर चल पड़ा।

***************

कुछ दूर तक जाने के बाद,

थोड़ा सा नॉर्मल होते हुए, अचानक ही उस लड़की की नज़र विंडो से बाहर, चाँदनी रात में पड़ी और वो चाँदनी रात में इस सुन्दर से रास्ते को देखते हुए बोली "ऐ ड्राईवर, ये इतना सुन्दर रास्ता कहाँ का है? कौन सी जगह है ये?"

उस लड़की की बात सुनते ही रघु ने एक बार फिर से अपनी गाड़ी में जोरदार ब्रेक लगाये और बीच रोड़ में अपनी टैक्सी रोकते हुए पीछे मुड़कर बोला "एक मिनट..... पहली बात तो ये की मैं ऐ ड्राईवर नहीं हूँ या तो आप मुझे ड्राइवर साहब बोलो या फिर मेरा नाम लो... रघु, रघु नाम है मेरा। और जहाँ तक बात है इस जगह की, ये हिमाचल के एक छोटे से गाँव में जाने का रास्ता है, गांव का नाम है, मानसरोवर। सच बताऊँ तो ये जगह बिल्कुल ऐसी है मानों जीते जी स्वर्ग पहुंच चुके हो..."

रघु का इतना खतरनाक रिएक्शन देखकर वो लड़की तुरंत बोली "ओके, सॉरी फॉर ऐ ड्राईवर... तो अब मैं तुम से, मेरा मतलब है अब मैं आपसे, रघु ही कहूँगी..."

लड़की के ये कहते ही रघु ने मुस्कुराकर एक बार फिर से कार स्टार्ट कर दी और मानसरोवर की ओर चलने लगा।

विंडो को पूरा ओपन करके, हवाओं के बीच चांद को निहारते हुए वो लड़की काफी रिलैक्स महसूस करने लगी थी। इसलिए वो मुस्कुराने लगी और मुस्कुराते हुए उसने अपने ढके हुए चेहरे से नकाब भी हटा दिया। देखते ही देखते वो रोड़ के दोनों ओर लगे पेड़ों से आती हवा को महसूस करने लगी और उसी हवाओं के रूख में कहीं खो सी गयी।

की तभी,

अपनी बोलने की आदत से मजबूर रघु ने, इतनी देर से खामोश बैठी उस लड़की को आवाज लगाते हुए पूछा "मैडम, मैंने तो अपना नाम बता दिया आपको। लेकिन आपने तो बताया ही नहीं? क्या नाम है आपका?"

रघु के इस क्वेश्चन पर भी जब वो लड़की कुछ नहीं बोली तो रघु ने बैक मिरर को एडजस्ट करते हुए उस लड़की के चेहरे की ओर घुमा दिया और उसकी नज़र इस लड़की के चेहरे पड़ते ही, उसी पर टीक सी गई।

गेहुंआ रंग, सुन्दर सी बड़ी-बड़ी झील सी गहरी आँखें, अच्छे से शेप में बनी हुई घनी सी आई ब्रो, मुलायम से दिख रहे परफेक्ट शेप के उसके होठ, होठों के नीचे बना गहरे रंग का एक तिल और बिना गहने के सुना पड़ा उसका सुंदर सा गला।

और इन सब चीजों से परे, रघु का ध्यान अपनी तरफ खींचती हुई उसकी वो हवा के साथ उड़ती बिखरी-बिखरी सी जुल्फें, जिन्हें वो अपनी ही उंगलियों से बार-बार समेट रही थी।

इतनी खूबसूरती अपने में समेटे, वो लड़की इस वक्त किसी अप्सरा से कम नहीं लग रही थी। रघु तो उसे देखता ही रह गया। ये पहली लड़की थी जिसने रघु को अपनी ओर देखने पर मजबूर कर दिया था। ना चाहते हुए भी रघु बार-बार उसी की ओर देखे जा रहा था।

रघु यू ही अपने ख्यालों में खोया हुआ था कि तभी उस लड़की की नज़र रघु पर पड़ी और वो बोली "रघु, आई थिंक आपको गाड़ी सामने देख कर चलानी चाहिए"

ये सुनते ही रघु जैसे होश में आया और हड़बड़ाते हुए बोला "वो.. वो.. वो मैं पूछ रहा था कि आपका नाम?"

इतना कह कर रघु सामने रोड़ की ओर देखते हुए चुप हो गया और वो लड़की थोड़ी देर तक कुछ सोचते रहने के बाद बोली "मेरा नाम?"

इतना कहकर वो एक बार फिर से खामोश हो गई। रघु अब भी उसके नाम बताने का इन्तजार कर रहा था। लेकिन ये खामोशी खत्म होने का नाम ही नहीं ले रही थी।

तभी एक बार फिर से रघु ने बैक मिरर से पीछे बैठी उस लड़की को देखा और बोला "अगर आप नाम नहीं बताना चाहती तो कोई बात नहीं, मैं समझ सकता हूँ। अब हम हर अनजान इंसान को नाम तो नहीं बता सकते ना? इट्स ओके..."

रघु ने बेमन से ये कह तो दिया था लेकिन उसका मन अब भी जानना चाहता था कि आखिर ये लड़की है कौन? जिसने अपनी पहली ही झलक में उसको अपना कायल बना दिया था।

रघु बेसब्र नजरों से कभी रोड में देखता तो कभी मिरर में, इसी सिलसिले के दौरान दूसरी तरफ से आवाज आई "मेरा नाम यन्त्रा है"

नाम सुनते ही रघु मुस्कुरा कर बहुत धीमी सी आवाज में उसके नाम का जाप करते हुए स्लो स्पीड में कार चलाने लगा और वहां यन्त्रा पीछे की सीट में बैठे-बैठे मुस्कुरा कर बाहर की खूबसूरती में खो गयी।

**************

कुछ ही मिनटों में, ये दोनों मानसरोवर गांव के करीब पहुँच चुके थे। रघु ने कुछ ही देर में सीधी रोड पर चलते हुए, राईट टर्न लिया और सामने था एक बहुत बड़ा और बहुत ही खूबसूरत पुल।

लेकिन इस वक्त भी चोरी छिपे रघु बैक मिरर से यन्त्रा को ही देखने में बिजी था। वहीं यन्त्रा इस जगह की सुंदरता में गुम थी। वो गौर से यहाँ की हर एक चीज को देख रही थी।

बड़ा सा पुल, उस बड़े से पुल के हर पिलर में लिपटी हुई बेल और उन बेलों में लगे हुए सफेद रंग के दिख रहे फूल। उस पुल के नीचे से एक साफ पानी की नदी भी जा रही थी। जिस पर पड़ रही चाँद की रोशनी, इस जगह की खूबसूरती में चार चाँद लगा रही थी।

इन्हीं सब नज़ारों में खोई हुई यन्त्रा अपने ही सुर में बोली "वाओ... सच में ये जगह बहुत ही ज्यादा सुन्दर है। मुझे तो अभी से लग रहा है कि जैसे ये कोई सपना है।"

यन्त्रा की ये बात सुनकर, रघु जो अब तक बैक मिरर में यन्त्रा को ही देख रहा था, बाहर की ओर देखने लगा और फिर मुस्कुराते हुए तेज आवाज में बोला "हम्म, सही कहा आपने यन्त्रा जी। मानसरोवर एक सपना ही है...."

और फिर से बैक मिरर में देखते हुए बहुत धीमी सी आवाज में बोला "ये जगह सुंदर तो बहुत है, लेकिन आपसे कम.."

"कुछ कहा क्या आपने?"

यन्त्रा ने तुरन्त ड्राइविंग सीट की ओर देखते हुए पूछा तो रघु मुस्कुराने की झूठी कोशिश करते हुए बोला "नहीं तो..."

रघु से जवाब पाते ही यन्त्रा एक बार फिर से विंडो से बाहर देखने लगी और रघु एक बार फिर से उसी की ओर देखते हुए मुस्कुरा कर मन ही मन फुसफुसाया "सही कहा आपने यन्त्रा जी, आज की ये शाम सच में किसी सपने के जैसी ही है। ऐसा लग रहा है जैसे मुझे प्यार हो गया है आपसे। अगर ये सच है, तो देखना मैं एक दिन जरूर आपसे अपने मन की सारी बात कह दूंगा। लेकिन उससे पहले हमारी स्टोरी एक बार सही से स्टार्ट तो हो जाये। हम एक दूसरे को थोड़ा जान ले, समझ ले, फिर जरूर आपसे अपने मन की सारी बातें कह दूंगा"

रघु ने इन्हीं ख्यालों में खोये हुए, पुल क्रॉस भी कर लिया था और अब वो उल्टे हाथ की ओर पर पहाड़ के बिल्कुल बगल से जा रही पक्की सड़क पर चलने लगा था। तभी उसने एक बार फिर से यन्त्रा से कहा "यन्त्रा जी, कैसी लगी आपको मेरे मानसरोवर की एंट्री?"

यन्त्रा बाहर को दिख रहे बड़े से पहाड़ों और उसके ठीक बगल में बहती हुई नदी की ओर देखते हुए बोली "एंट्री तो बहुत अच्छी थी रघु, पर यहाँ तो कोई गांव का नामोनिशान भी नहीं दिख रहा। कहाँ है आपका ये मानसरोवर?"

यन्त्रा की बात का बिना कोई जवाब दिये रघु मुस्कुराते हुए ही रोड़ की ओर देखने लगा। कुछ 2 मिनट की खामोशी के बाद यन्त्रा थोड़ी घबराते हुए बोली "ये कहां ले जा रहे हो तुम मुझे? मुझे तो नहीं लग रहा यहाँ कुछ है भी, तुम गाँव की बात कर रहे हो? और यहाँ तो दूर-दूर तक ना ही कोई इंसान है और ना ही कोई इंसानों के रहने लायक जगह..."

यन्त्रा की इस घबराहट में कहीं हुई बातों का भी रघु ने कोई जवाब नहीं दिया, वो तो बस यन्त्रा की घबराहट को भापकर, बैठे हुए मुस्कुराये ही जा रहा था।

की तभी यन्त्रा घबराकर यहाँ-वहाँ देखते हुए बोली "कहीं तुम मुझे किडनेप तो नहीं कर रहे हो? ओय मिस्टर, कहीं तुम्हें ऐसा तो नहीं लग रहा की अकेली लड़की है तो इसका फायदा उठाया जा सकता है? लिसन मुझे जुडो कराटे आते है, ब्लैक बेल्ट हूँ मैं। तुम कुछ नहीं कर पाओगे मुझे। समझे?"

**************

# 5

# इमरजेंसी सेवा...!

पहली नज़र में हुए प्यार की तो बात ही अलग है।

ये ठीक वैसा ही एहसास देता है जैसे आसमान में बिखरी, ढलते हुए सूरज की लालिमा।

दिल को सुकून और आंखों को राहत...

***************

लेकिन इस वक्त ये पहले-पहले प्यार का एहसास सिर्फ और सिर्फ रघु के दिल को हो रहा था क्योंकि अब यन्त्रा के दिल में तो डर ने घर कर लिया था।

घबराहट की वजह से उसके दिमाग में अलग ही अलग ख्याल आ रहे थे। इससे पहले की वो और कुछ कह पाती, पहाड़ के साथ सट के लगी हुई इस सड़क में एक यू टर्न आया और कार उसी के साथ-साथ मुड़ गई।

अब कार की लेफ्ट साइड की विंडो के बाहर का नज़ारा और भी ज्यादा खुबसूरत हो गया था विंडो के बाहर देखते हुए यन्त्रा कुछ रिलेक्स होते हुए बोली "क्या वहां जो नीचे की ओर लाइट्स दिख रही है, वहीं है तुम्हारा मानसरोवर?"

रघु ने अपनी हँसी को कंट्रोल करते हुए जवाब दिया "जी हाँ, यहीं है मेरा मानसरोवर। वो एक्चुअली मुझे लगा ब्लैक बेल्ट वाली से पंगा लेना सही नहीं रहेगा, तो मैं यहाँ ले ही आया आपको.."

ये सुनकर यन्त्रा भी मुस्कुरा दी और फिर धीमी सी आवाज़ में बोली "सॉरी... "

यन्त्रा की धीमी सी आवाज सुनकर, रघु ने फाइनली हँसते हुए कहा "आपकी आवाज तो मानसरोवर तक पहुँच गयी यन्त्रा जी, खैर.. इट्स ओके"

रघु की बात सुनते हुए मुस्कुराकर यन्त्रा बाहर देख ही रही थी की तभी ऊँचे-ऊँचे पेड़ों के बीच से उसने एक झलक मानसरोवर को देखा। ये गांव चारों ओर से पानी से घिरा हुआ दिख रहा था, बिल्कुल एक टापू की तरह।

उस जगह को एक झलक देखते ही यन्त्रा खुश होते हुए रघु से बोली "क्या ये टापू है? यहाँ तो चारों ओर बस पानी ही पानी दिख रहा है।"

"जस्ट वेट एंड वॉच" रघु मुस्कुराते हुए बस इतना ही बोला और फिर कार को धीमी स्पीड में उस पहाड़ के साईड पर बनी रोड के सहारे नीचे की ओर ले जाने लगा।

देखते ही देखते, रघु की गाड़ी उस गांव की ओर जाती हुई मेन रोड में जा पहुंची। उस रोड के दोनों ओर पानी ही पानी था। रोड के नीचे से नदी बहती हुई जा रही थी, जिसका पानी इस वक्त चाँदी की तरह चमक रहा था और 1 किलोमीटर की ये रोड़ सीधा टापू में बसे हुए मानसरोवर नाम के एक गाँव में जा रही थी।

हरे-भरे पेड़, छोटे-छोटे बहुत सारे मकान, ताजी ठंडी हवा और चाँद की ये चाँदनी। ये सब कुछ, इस जगह को और भी ज्यादा खूबसूरत बना रहा था।

इस रास्ते में चलते हुए, यन्त्रा तो जैसे खुद को ही भूल चुकी थी। वो खो चुकी थी यहाँ की आबोहवा में। इतनी सुंदर जगह और इतना सुंदर नज़ारा, देख यन्त्रा ने ख्यालों में कहीं खोये हुए अपने कमर में बधे एक छोटे से पर्स की जेब से एक चैन निकाली और उसे ध्यान से देखकर मन ही मन कुछ बुदबुदाई।

फिर अपने आँसुओं को आँखों से गिरने देने से पहले ही थामते हुए उसने एक लम्बी साँस ली और उस चेन को वापस से अपनी जेब में रख लिया। इसी पल से यन्त्रा के चेहरे की हँसी एक बार को फिर से गायब सी हो चुकी थी।

रघु ने यन्त्रा को उस चैन के साथ देख लिया था और उसकी उदासी को भी वो अच्छे से भांप चुका था। लेकिन इससे पहले कि वो यन्त्रा से इस बारे में कुछ पूछ पाता, उनकी गाड़ी मानसरोवर के इकलौते होटल में पहुंच चुकी थी इसलिए रघु इस चैन के बारे में यन्त्रा से कुछ पूछ ही नहीं पाया।

***********

होटल के सामने गाड़ी रुकी तो यन्त्रा विंडो से बाहर देखते हुए बोली "ये? ये क्या है?"

"ये वहीं होटल है यन्त्रा जी जिसके बारे में मैंने आपको बताया था" रघु मुस्कुराते हुए पीछे मुड़कर बोला।

लेकिन कुछ देर तक बिल्डिंग को गौर से देखकर, यन्त्रा ने मुँह टेढ़ा करते हुए बोली "इस अजीब सी बिल्डिंग को तुम होटल कह रहे हो?"

"अजीब सी बिल्डिंग?"

रघु ने बिल्डिंग की ओर झांकते हुए देखा और फिर से यन्त्रा की ओर देखते हुए बोला "यन्त्रा जी, आप इसे बाहर से देख के जज मत करिये, अन्दर से काफी अच्छा है। आपके जरूरत की हर चीज मिल जाएगी आपको यहां पर। शायद रात के अंधेरे की वजह से अजीब दिख रहा है आपको ये होटल।"

रघु बात सुनने के बाद भी यन्त्रा नहीं मानी और वो एक बार फिर से मुँह टेढ़ा करते हुए बोली "लिसन रघु, मैं यहाँ नहीं रह सकती। तो तुम प्लीज मुझे किसी और होटल में ले चलो"

"लेकिन यन्त्रा जी...."

रघु कुछ कह ही रहा था, की तभी यन्त्रा उसकी बात बीच में ही काटते हुए बोली "देखो रघु मुझे तुम्हारा कोई भी बहाना नहीं सुनना और ना ही तुम्हारे साथ अब कोई बहस करनी है। तो जो मैं कह रही हूँ चुपचाप से वो करो, प्लीज..."

यन्त्रा की ज़िद सुनकर रघु अपना सिर पकड़ते हुए खुद में बड़बड़ाया "अरे भोलेनाथ... अब क्या करूं मैं इस लड़की का? ये कोई भी बात एक बार में क्यों नहीं मानती?"

खुद में ही बड़बड़ाते हुए रघु ने एक लम्बी सांस ली और फिर खुद को मोटिवेट करके यहां वहां देखते हुए धीमी आवाज में बोला "चल भाई रघु... अब तुझे इसको इसके रूम तक ही छोड़ के आना पड़ेगा। बस ऐसा करते हुए तुझे कोई देख ना ले..."

यहाँ-वहाँ देखते हुए ही रघु अचानक से पीछे मुड़ा और यन्त्रा को समझाते हुए बोला "यन्त्रा जी, वो बात ये है की हमारे मानसरोवर में यहीं एक होटल है, इसलिए रूकना तो आपको यहीं पर पड़ेगा। अच्छा ऐसा करते है, मैं आपको आपके कमरे तक छोड़ आता हूँ। वैसे सच बताऊँ तो मुझे पता है आपको यहाँ

*मिशन नक़ाब | 29*

का रूम और यहाँ की फैसिलिटी जरूर पसंद आयेगी.. इसकी गारंटी मैं लेता हूँ। तो आप ज़रा भी परेशान ना हो।"

इतना कहकर कार से नीचे उतरते हुए रघु बैक सीट के लेफ्ट साइड वाले दरवाजे पर आ गया और दरवाजा खोलते हुए बोला "चले?"

यन्त्रा इस होटल को देख के खुश तो नहीं थी पर जब उसने रघु को घबराकर यहाँ-वहाँ नज़र घुमाते नोटिस किया तो वो मन ही मन खुद को समझाकर कार से उतर गयी। यन्त्रा को कार से उतरता देख रघु उसे रास्ता बताते हुए उसके आगे-आगे चलने लगा और यन्त्रा ने भी उसके पीछे-पीछे चलना शुरू कर दिया।

**********

कुछ ही देर में वो दोनों होटल के रिसेप्शन एरिया में जा पहुंचे थे। जहाँ पर पहुँचते ही रघु ने कहा "एक्सक्यूज़ मी, हमें एक रूम चाहिए था?"

वहां पर खड़ा वो रिसेप्शनिस्ट अपने रजिस्टर में काम करने में बिजी था इसलिए इन दोनों की तरफ देखे बिना ही उसने अपना हाथ आगे बढ़ाते हुए कहा "आई डी प्लीज..."

रघु ने भी पीछे मुड़ कर यन्त्रा की ओर देखा और कहा "आई डी?"

यन्त्रा ने अपने छोटे से पर्स की पॉकिट से आधार कार्ड निकालकर सामने के टेबल पर रख दिया। रिसेप्शनिस्ट ने आधार कार्ड उठाकर देखा तो वो एक लड़की का था। आधार कार्ड को गौर से देखते हुए वो रिसेप्शनिस्ट बोला "आवाज लड़के की और आधार कार्ड लड़की का। ये कैसा झोल है भाई..."

ये कहते हुए ही उस रिसेप्शनिस्ट ने सामने की तरफ देखा, तो उसकी नज़र पहले सामने खड़े रघु पर पड़ी और फिर खुद में ही खोई हुई उस लड़की पर।

रघु और उस रिसेप्शनिस्ट की नज़र आपस में मिली तो रघु उसे चुप रहने का इशारा करते हुए बोला "भाई आप रूम की चाबी थोड़ा जल्दी दे देंगे?"

रघु के ये पूछते ही होटल के रिसेप्शनिस्ट ने तिरछी स्माइल करते हुए रूम की चाबी रघु की ओर बढ़ा दी और उसे छेड़ने वाली टोन में मुस्कुराते हुए धीमे

से बोला "अरे रघु भाई, तुम यहाँ? वो भी एक मैडम के साथ, वो भी इस चाँदनी रात में? सही है भाई, सही है"

"भाई ये मैडम पैसेंजर है और आपकी गेस्ट। तो थोड़ा तमीज़ से..."

प्यार से अपनी बात कहकर रघु ने वो चाबी पकड़ी और उस रिसेप्शनिस्ट को घूरते-घूरते, रूम की ओर जाने वाले रास्ते की ओर इशारा करने लगा। उसका ये इशारा देखकर यन्त्रा भी चुपचाप कमरे की ओर बढ़ गयी।

यन्त्रा को जाता देख, रघु अचानक से पीछे मुड़कर गुस्से में रिसेप्शनिस्ट से बोला "और भाई तुमको तो पता ही होगा। गेस्ट भगवान होता है। तो अपने दिमाग का कचरा अपने दिमाग में ही रखना। यहाँ-वहाँ फैलाने की जरूरत नहीं है। आया कुछ समझ?"

इतना कहकर रघु, यन्त्रा को रूम तक छोड़ने के लिए चल दिया। तभी अचानक वो रिसेप्शनिस्ट मुस्कुराते हुए पीछे से जोर से चिल्लाया "रघु भाई..."

रघु ने पीछे मुड़कर देखा, तो वो रिसेप्शनिस्ट अपनी हंसी कंट्रोल करते हुए बोला "रूम नंबर 108, इमरजेंसी सेवा। स्पेशली फॉर यू..."

ये सुनकर रघु फेंक सी स्माइल करते हुए दोबारा से कमरे की ओर जाने लगा और मन ही मन खुद से बोला "रघु-रघु-रघु क्या हो गया है भाई तुझे। डायलॉग मारने के चक्कर में रूम नम्बर पूछना भी भूल गया तू? भाई मेरे, ये हो क्या रहा है तेरे साथ?"

वहीं दूसरी तरफ रघु के हाल से अनजान यन्त्रा आगे-आगे चलते हुए ध्यान से पूरे होटल का इंस्पेक्शन कर रही थी। वो हर एक रूम, हर दरवाजा, हर खिड़की, यहाँ तक की वहां पर लगे हर पंखे, इलेक्ट्रिसिटी स्विच और सी सी टी वी कैमरे को भी गौर से देखते हुए जा रही थी।

तभी चलते-चलते यन्त्रा अचानक से एक रूम के सामने रुक गयी और वहीं रघु अपने ही ख्यालों में खोए हुए यन्त्रा को क्रॉस करते हुए आगे बढ़ गया। वो खुद से ही बातें करते हुए लगातार आगे बढ़ते जा रहा था।

तभी यन्त्रा, रघु को आवाज देते हुए बोली "रघु, रूम नंबर 108"

"हाँ रूम नम्बर 108, मेरे पीछे-पीछे आते जाओ। वो रूम आगे है।" रघु थोड़ी देर के लिए रुककर पीछे मुड़ते हुए बोला और फिर सामने की ओर देखकर चलने लगा।

तभी एक बार फिर से यन्त्रा ने जोर से आवाज दी और एक दरवाजे की ओर इशारा करते हुए कहा "रघु, ये है रूम नंबर 108"

**************

# 6

# रिसेप्शन बॉय!

इश्क़ में अक्सर लोग दीवाने हो जाते है।

अपनी सूध-बूध खोकर इश्क़ में दीवानों सी हरक़ते करने वाले ये लोग, दुनियादारी की भी परवाह नहीं करते।

कुछ ऐसा ही हाल था आज रघु का भी...

***************

अपने सुर में आगे बढ़ता हुआ रघु, यन्त्रा की बात सुनते ही अचानक से अपनी जगह पर जम सा गया।

अगले ही पल उसने अपने सर पर एक जोरदार चपत लगाते हुए, अपनी आँखें कसकर बंद करते हुए धीमी सी आवाज में बुदबुदाकर कहा "ओफो रघु, लड़की के सामने क्यों अपने ही हाथों अपनी नईयां डूबो रहा है?"

यहीं सोचते हुए रघु पीछे मुड़कर फेंक स्माइल करते हुए रूम नंबर 108 की ओर देखने लगा और फिर तुरंत ही अपने मुरझाये हुए एक्सप्रेशन को सही करने की कोशिश करते हुए मुस्कुराकर बोला "तो ये यहाँ है? मुझे लगा कि ये आगे होगा..."

रघु की बात सुने बिना ही यन्त्रा ने हाथ आगे बढ़ाते हुए कहा "प्लीज गिव मी द किईज.."

यन्त्रा ने रघु की ओर अपना हाथ बढ़ाया तो रघु ने उसके हाथ में रूम की चाबी दे दी और यन्त्रा की ओर मदहोश सा होकर एकटक देखने लगा। ऐसा लग रहा था जैसे वो यन्त्रा के मन में चल रहे इमोशन को समझने की कोशिश कर रहा हो।

कुछ ही सेकंड्स में यन्त्रा ने रूम का दरवाजा खोला और लाइट्स ऑन करके, एक नज़र रूम को गौर से देखने लगी। फिर कुछ ही देर में दरवाजे

पर खड़े रघु की ओर देखते हुए बोली "थैंक यू रघु, आपकी इस हेल्प के लिए, थैंक यू सो मच और ये लो आपके पैसे...."

रघु जो अपने ही ख्यालों में खोया हुआ था, यन्त्रा को उससे बात करता हुए देखकर पूरी तरह से ब्लैंक हो गया। इसी मदहोशी के आलम में उसने यन्त्रा के हाथ से पैसे पकड़ते हुए अपना सर हाँ में मूव कर दिया।

यहां रघु ने पैसे पकड़े और वहां यन्त्रा ने "बाय" बोलते हुए एक झटके के साथ उस रूम का दरवाजा बंद कर लिया।

यन्त्रा के दरवाजा बन्द करने पर भी कुछ देर तक रघु दरवाजे की ओर ही मुस्कुराते हुए देखे जा रहा था। तभी उसके कानों में एक आवाज आई "रघु भाई... आपको आज घर जाना भी है या फिर यहीं धरना देने का इरादा है? वैसे अब दरवाजा बंद हो चुका है मुझे तो लगता है अब आपको घर ही जाना पड़ेगा। लगता नहीं की अब मैडम आपके लिए कमरे का दरवाजा खोलेगी"

ये सुनते ही रघु ने आवाज की ओर मुड़कर देखा तो उस रिसेप्शन बॉय को वहाँ खड़ा होकर हँसता देख रघु अच्छे से होश में आ गया उसके चेहरे से स्माइल भी गायब हो गई।

रघु ने तुरंत ही अपने एक्सप्रेशन नॉर्मल किये और रिसेप्शन बॉय को देखकर बोला "अब तो तू गया बेटा, अब कोई नहीं बचा पाएगा तुझे..."

इतना कहते ही रघु उस लड़के की ओर भागा और वो लड़का भी आगे-आगे भागते हुए उस होटल से बाहर निकल गया।

रिसेप्शन बॉय का पीछा करते हुए रघु भी होटल से बाहर निकल आया और बाहर आते ही वो खुद से बोला "भाग गया साला... लगता है इसकी आज की ड्यूटी का टाइम खत्म हो गया है? लेकिन कुछ भी हो जाए मैं आज इसे छोड़ूंगा नहीं"

कुछ देर बड़बड़ाने के बाद रघु तुरंत जाकर अपनी टैक्सी में बैठ गया और तभी उसका ध्यान अपने हाथ में पकड़े हुए 500 के कुछ नोटो पर गया। उन्हें देखते ही रघु ने अपने माथे पर जोरदार चपत लगाई और परेशान सा होते हुए बोला "रघु मेरे भाई, ये क्या कर दिया तूने। यन्त्रा जी से पैसे ले लिये? पाप लगेगा तुझे। क्या सोच रही होंगी यन्त्रा जी तेरे बारे में? पहले तो तूने उन्हें अपनी टैक्सी में नहीं बैठाया, फिर बीच जंगल में छोड़ने को तैयार था और आखिरकार

तमीज के साथ उनकी मदद भी की तो वो भी सिर्फ पैसों के लिए? छी रघु छी.. क्या कर दिया तूने ये सब"

ये बोलते हुए रघु एक बार फिर से गाड़ी से उतर गया और फिर अपने मन में ही सही गलत की कुछ कैलकुलेशन करते हुए यन्त्रा के कमरे की ओर जाने लगा।

तभी सीढ़ियाँ चढ़ते हुए वो अचानक से रूक कर खुद से बोला "यन्त्रा जी क्या सोचेंगी मेरे बारे में? कहीं उनको ये तो नहीं लगेगा कि मैं उनको परेशान करना चाहता हूँ? वैसे भी इतनी रात को किसी लड़की के कमरे में जाना शायद सही नहीं रहेगा। एक काम करता हूँ कल सुबह जल्दी आकर ये पैसे यन्त्रा जी को वापस कर दूंगा।"

कुछ देर तक वहीं खड़े रहकर सोचते हुए, रघु अपने फैसले पर सही की मुहर लगाते हुए बोला "हाँ... ये बिल्कुल ठीक रहेगा"

अपने दिल को समझाते हुए रघु फिर से वापस आकर गाड़ी स्टार्ट करने लगा और फिर से उसी रिसेप्शन बॉय को याद करते हुए बोला "पहले मैं उस बन्दर को सबक सिखा लेता हूँ"

ये कहते ही रघु ने तेज स्पीड में गाड़ी चलानी शुरू की और कुछ ही सेकेंड में रघु एक घर के बाहर जाकर रुक गया। उसने कार को साइड में पार्क किया और घर के अंदर तेजी से भागते हुए दाखिल हो गया।

घर के अंदर पहुंचते ही रघु जोर-जोर से चिल्लाते हुए बोला "माँ.. ओ माँ.. कहाँ है तू? और तेरा वो लाडला कहाँ है? मैं आज उसे छोड़ने वाला नहीं हूं... माँ... माँ..."

रघु की इन तेज आवाजों को सुनकर उसकी मां जानकी जी और उसकी छोटी बहन रागिनी उसके सामने आकर खड़े हो गये।

तभी रघु की मां उसे चुप कराने की कोशिश करते हुए बोली "अरे तूने पूरा घर सिर में क्यों उठा रखा है रघु और मैं ये क्या सुन रही हूँ तेरे बारे में? काम के बहाने ये क्या कर रहा है तू ये सब?"

जल्दी-जल्दी में अपनी माँ के पैर छूकर रघु ने उन्हें कस के गले लगाया और फिर बोला "अच्छा तो वो बन्दर तुम्हारे पास तुम्हारे कमरे में था? अभी बताता हूँ मैं इसे"

रघु जानकी जी के कमरे की ओर भागकर गया और रघु के पीछे-पीछे उसकी मां भी अपने कमरे की ओर जाते हुए बोली "रघु.. रघु... अरे बेटा हुआ क्या है? क्यों छोटे के पीछे पड़ा हुआ है तू? और जो मैं पूछ रही हूँ तू पहले उसका जवाब दे मुझे..."

इस सब के बीच रघु की बहन रागिनी मुस्कुरा के किचन से रघु के लिए पानी लेने चली गयी।

वहीं जानकी जी के कमरे में पहुंचते ही रघु ने रिसेप्शन बॉय को अपनी माँ के बेड में आराम से बैठा देखा, तो वहीं पास में रखा एक पिलो उठाकर रघु ने उसकी ओर फेंक के मारा और फिर उसकी ओर उसे मारने के लिए बढ़ा ही था कि तभी वो लड़का जैसे-तैसे रघु के हाथों से बचते बचाते जानकी जी के पीछे छिप गया।

"माँ मुझे भाई से बचाओ" जानकी जी के पीछे खड़े उस रिसेप्शन बॉय ने कहा।

तो रघु हँसते हुए बोला "तू कुछ भी कर ले वीर... आज तो माँ भी तूझे बचा नहीं पाएंगी। क्या बोल रहा था तू मुझे होटल में, रुक मैं बताता हूं तुझे अभी"

ये कहते ही रघु उसको पकड़ने की कोशिश करने लगा।

तो जानकी जी रघु को डांटते हुए जोर से बोली "रघु बस बहुत हुआ। ऐसे अपने छोटे भाई को कौन मारने आता है भला? और तू इसे छोड़ मुझे पहले ये बता कि तू आज किस लड़की को मानसरोवर लेकर आया है? कौन लगती है वो तेरी?" जानकी जी ने ये कहते हुए कसकर रघु का कान पकड़ लिया।

अपने कान को छुड़ाने की कोशिश करते हुए रघु जानकी जी से बोला "अरे माँ वो पेंसिन्जर थी और ये आपका लाडला ना जाने क्या-क्या सोचता है और इसने आपको भी वहीं अनाप-शनाब बातें बोल दी है इसलिए तुम अब मेरे क्लास ले रही हो, है ना?"

रघु की बात सुनते ही उसका छोटा भाई वीर बहुत ही मजे से मुँह बनाते हुए बोला "अच्छा भाई तो में अनाप-शनाप बोल रहा हूं? तो बताओ तुम मुझसे रिसेप्शन एरिया से चाबीयाँ ले जाना कैसे भुल गये थे? और माँ पता है ये तो छोड़ो, भाई तो उस लड़की को रूम तक छोड़ने भी गये थे और वहाँ पर उस

लड़की के ख्यालों में ही खोये हुए इन्हें वो रूम भी नहीं दिखा। बाद में तो वो लड़की इनको कमरा दिखा रही थी ये कह कर की, रघु ये रहा रूम..."

ये पूरी बात बताते हुए वीर लगातार हंसे जा रहा था। वहीं पानी लेकर आती रागीनी भी मुस्कुरा कर रघु के पास पहुँची और जानकी जी के हाथ से उसके कान को रिहाई दिलवाते हुए बोली "भाई ये वीर सच कह रहा है क्या?"

"छोटी तू तो ऐसा मत कह। तुझे भी मेरी बात झूठ लग रही है क्या? अरे बाबा मैं सच कह रहा हूँ माँ की कसम वो लड़की सिर्फ और सिर्फ पैसेंजर थी और कुछ नहीं..." रघु अपनी माँ, छोटी बहन और भाई की ओर देखकर बोला।

लेकिन अब भी वो तीनों ही लोग रघु को शक भरी नजरों से देख रहे थे। जिससे परेशान होकर रघु ने सीधा जानकी जी के सर पर अपना हाथ रख दिया और फिर से बोला "अरे बाबा मैं सच कह रहा हूँ वो सिर्फ एक पेसेन्जर थी बाकी कुछ नहीं, माँ कि कसम"

रघु ने ऐसा करते हुए पहले अपने दोनों छोटे भाई बहन की ओर देखा और फिर दूसरे ही पल वो अपनी माँ की ओर देखकर सीरियस होते हुए बोला "माँ ऐसा कुछ नहीं है? तुझे तो पता है ना मुझे अपने एग्जाम की कितनी टेंशन है? और ऊपर से आज वो लड़की छिपकर मेरी गाड़ी में सो गयी। मुझे तो पता भी नहीं चला की वो कब आकर बैठी गाड़ी में। उसे जाना कहीं और था और वो पहुँच गयी मेरे साथ यहाँ मानसरोवर। अब बता माँ मैं क्या करता? उसे बीच रास्ते में यू अकेला तो नहीं छोड़ सकता था ना? इसलिए मैं उसे वहाँ होटल में छोड़ने चला गया।"

रघु को यूं इमोशनल होता देख वीर मामला शांत करते हुए बोला "भाई बस-बस जो होना था सो हो गया। वैसे माँ, वजह जो भी हो भाई और उन मैडम की जोड़ी साथ में लग बहुत अच्छी रही थी। क्यों ना उनको ही भाई की दुल्हन बनाने की बात की जाए? क्यों भाई? क्या कहते हो?"

वीर को यूं रघु को छेड़ता देख जानकी जी वीर का कान पकड़कर उसे बाहर की ओर ले जाते हुए रघु से बोली "रघु बेटा तू हाथ मुँह धोकर कपड़े बदल ले। फिर साथ में खाना खाते है, तब तक मैं तेरे इस बंदर को सही करती हूँ।" ये कहकर जानकी जी वीर को कमरे से बाहर की ओर ले गई।

\*\*\*\*\*\*\*\*\*\*\*\*

*मिशन नक़ाब*

# 7

# धमकियों वाली कॉल

"परिवार एक ऐसी कड़ी है जिसके बिना एक इंसान का वजूद ही सवालों के घेरे में खड़ा हो जाता है"

*************

जानकी जी और वीर के कमरे से बाहर जाते ही, रघु की बहन रागिनी उसके गले लगते हुए बोली "भाई इस बार आप इतने पतले क्यों लग रहे हो? पेपर की तैयारी के चक्कर में आपने खाना पीना भी छोड़ दिया क्या?"

"अरे नहीं ऐसा कुछ नहीं है। शायद टैक्सी चलाने की वजह से थोड़ा पतला हो गया हूं।"

रघु ने मुस्कुरा कर जवाब दिया और फिर आगे बोला "चल अब मैं अपने कमरे में जाता हूं, कपड़े बदल लूं पहले, फिर मुझे बहुत तेज भूख भी लगी है"

रागिनी के मुस्कुराकर हाँ में सिर हिलाते ही, रघु जल्दी से अपने और वीर के कमरे में पहुँच गया और गाने गुनगुनाते हुए हाथ मुँह धोने लगा।

इस पूरे वक्त में रघु के चेहरे पर कंटीन्यूअस स्माइल बनी हुई थी। उसके दिल और दिमाग में सिर्फ और सिर्फ यन्त्रा ही घूम रही थी।

शायद रघु के चेहरे की ये मुस्कुराहट, उसके इस नये-नये प्यार का ही नूर था, जो रघु के चेहरे पर साफ झलक रहा था।

वहीं दूसरी तरफ,

होटल के कमरे में यन्त्रा कुछ परेशान सी होकर, अपने फोन से किसी को कॉल लगा रही थी। कॉल ना लग पाने की वजह से वो घबराहट में यहाँ से वहाँ घुमने में लगी हुई थी।

बहुत देर तक कॉल ट्राई करने के बाद, उसने अपना फोन बेड पर जोर से पटकते हुए गुस्से और घबराहट के मिले जुले भाव में कहा "ये कॉल लग

क्यों नहीं रही? ऐसे कैसे मिल पाऊँगी मैं उससे? ऊपर वाले तूने क्या लिखा है मेरी किस्मत में? क्यों मेरी पूरी दुनिया उलट-पुलट कर के रख दी है तूने?"

ये कहकर यन्त्रा अचानक से जमीन पर धम्म से बैठ गयी और देखते ही देखते उसकी आँखों से आँसू बहने लगे।

इससे पहले की यन्त्रा खुद को संभाल पाती, अचानक ही उसका फोन बजा। रिंग पूरी होने से पहले ही यन्त्रा ने जल्दी से वो कॉल रिसीव की और वो अपनी रूआसी आवाज में बोली "है.. है.. हेलो"

दूसरी ओर से भारी आवाज में एक आदमी बोला "क्यों रे, ज्यादा ही पर लग गये है तेरे? कहाँ गायब हो गयी है तू? याद है ना तुझे? तेरे परिवार वालों की ज़िंदगी मेरे हाथों में है। भूल मत, तेरा उठाया गया हर गलत कदम तेरे परिवार के किसी ना किसी सदस्य के लिए दर्दनाक मौत लेकर आएगा, और सोच कहीं वो मौत तेरे लाडले की हुई तो? तब क्या करेगी रे तू?"

इतना कहते ही वो आदमी जोर-जोर से हंसने लगा "हा-हा-हा-हा-हा-हा-हा"

ये बात सुनते ही यन्त्रा गिड़गिड़ाते हुए बोली "मैंने तुम्हारे खिलाफ कोई कदम नहीं उठाया है, मैं सच कह रही हूं। प्लीज, प्लीज मेरे परिवार को कुछ मत करना। तुमने आज जो मुझे काम दिया था, मैंने वो कर दिया है।"

गुस्से वाली भारी आवाज में उस आदमी ने जवाब देते कहा "सही कहा तूने। वो काम तूने कर दिया है, लेकिन अधूरा क्योंकि तूझे घूमने जाने के लिए लेट जो हो रहा था। है ना?"

"नहीं ऐसा नहीं है। मैं वो काम बिल्कुल सही से कर रही थी। लेकिन वहाँ कुछ लोग मेरा पीछा करने लगे। उनसे बचने के लिए में जल्दी-जल्दी में वो बैंग, एक जगह पर छोड़कर, टैक्सी में छिप गयी थी और फिर उसी टैक्सी में, मैं गलती से ज्यादा दूर निकल आयी। लेकिन मैं कल ही वापस आ जाऊंगी, बस तुम मेरे परिवार को कुछ मत करना। प्लीज तुम उन्हें कुछ ना करना।"

ये सब बातें यन्त्रा ने सिसकियां लेते हुए एक ही साँस में कह दी और फोन के दूसरी तरफ से उस पूरे वक्त में भी हँसने की ही आवाज आ रही थी।

यन्त्रा की बात खत्म होते ही वो आदमी बोला "जानेमन तू मेरी नजरों से दूर मत हुआ कर। तुझे तो पता है ना, तू मेरा सबसे कीमती माल है और फिर

तुझे तो अभी मेरा बहुत काम करना है। मेरी बहुत सारी जरूरतें पूरी करनी है।"

बोलते-बोलते अचानक उस आदमी ने बहुत ही ज्यादा सीरियस होकर कहा "अभी के अभी मुझे तेरी लोकेशन भेज और हां याद रहे अगर तूने कोई भी चालाकी की ना। तो तेरे परिवार का कोई एक सदस्य कल का सूरज नहीं देख पायेगा।"

इससे पहले कि यन्त्रा आगे कुछ बोल पाती, दूसरी तरफ से कॉल कट हो गया।

आंसुओं से भीगी हुई पलके लिये जल्दी से यन्त्रा ने अपनी करेंट लोकेशन उस दूसरे नंबर पर भेज दी और वो बेड पर बैठ के खुब जोर-जोर से रोने लगी।

***************

वहीं रघु के घर पर,

रघु अपने पूरे परिवार के साथ जमीन पर बैठकर खाना खा रहा था। तभी रागिनी ने रघु से पूछा "भाई एक बात बताओ, अगर तुम इस पेपर में भी पास हो गये, तो फिर क्या होगा?"

"इन एग्जाम के बाद इंटरव्यू और फिर अगर सब सही रहा तो, मैं आई.पी.एस. ऑफिसर बन के पापा का सपना पूरा कर लूंगा। लेकिन, पता नहीं ये सब हो भी पाएगा या नहीं?"

रघु ने धीमी सी आवाज़ में कहा तो रागिनी उसका हौसला बढ़ाने के लिए मुस्कुराते हुए बोली "जरूर होगा भाई, तुमने इतनी मेहनत जो की है इस पेपर के लिए और फिर पापा का आर्शीवाद भी तो है आपके साथ।"

इन सभी नार्मल बातों के बीच,

रघु का छोटा भाई वीर जल्दी से अपना खाना फिनिश करके उठा और अपने बर्तन किचन में रख के, हाथ धो के टीवी के सामने बैठ गया।

वीर ने टी.वी ऑन किया ही था कि तभी रघु की आवाज आई "वीर, न्यूज चैनल"

ये सुनते ही वीर गन्दा सा मुँह बनाकर बोला "भाई आप तो अभी खाना खा रहे हो ना? तो अभी मेरी बारी है टी.वी देखने की। जैसे ही आपका खाना फिनिश होगा, मैं न्यूज़ लगा दूंगा। ठीक है?"

वीर की बात पूरी होते ही, इस बार रघु गुस्से से तेज आवाज में बोला "वीर मैंने जो कहा है वो कर। तेरे फालतू आइडियाज़ मुझे देने की कोई जरूरत नहीं है, समझा?"

रघु कि यूँ गरजती हुई सी आवाज को सुनकर वीर डर गया और आगे बिना कुछ कहें ही उसने सीधा लोकल न्यूज चैनल लगा दिया।

न्यूज शुरू होते ही, एक एंकर ब्रेकिंग न्यूज बताते हुए बोली,

"पंचकूला से आ रही है एक ताज़ा खबर के अनुसार, शाम के करीब 5 बजकर 45 मिनट में पंचकूला के मेन मार्केट में हुआ बम धमाका। ये इलाका यहाँ के पोश इलाको में से एक है। बताया जा रहा है कि इसमें जानमाल की कोई हानि नहीं हुई है।

लेकिन अंदाजा लगाया जा सकता है की कितना बड़ा हादसा होते-होते रह गया। इस धमाके के बाद भी सभी का सही सलामत बच जाना किसी चमत्कार से कम नहीं था।"

इस खबर को रघु और उसके सभी परिवार वाले गौर से देख रहे थे। तभी न्यूज के बीच में एडवर्टाइजमेंट आ जाने की वजह से रागिनी तुरन्त बोली "अब ये क्या नया शुरू हो गया है? पंचकूला जैसी इतनी छोटी सी जगह पर भी ब्लास्ट? आज कल ये सब हो क्या रहा है।"

रागिनी कह ही रही थी कि जानकी जी बोली "अभी तुम्हारे पापा जिंदा होते ना. तो उन्होंने अब तक ये खबर सुनकर दुश्मनों पर हमले का प्लान तैयार कर लिया होता। और हो सकता है अटैक करने की भी सारी तैयारियां पूरी हो गई होती।"

इन सब बातों के बीच, रघु इस वक्त अपने ही ख्यालों में खोए हुए ब्लास्ट के बारे में बारीकी से सोच रहा था और तभी अपनी माँ कि बात सुनकर वीर हँसते हुए बोला "माँ इसका मतलब तो ये हुआ कि रघु भाई बिल्कुल पापा पर ही गये है। है ना माँ?"

वीर की इस बात ने जानकी जी का ध्यान रघु की ओर मोड़ दिया था।

जानकी जी ने रघु की तरफ एक नज़र गौर से देखा और हंस कर बोली "बिल्कुल अपने पापा पर ही गया है ये तो।"

अपनी माँ की बात सुनकर, रघु टी.वी पर ही अपनी नजरें गढ़ाए हुए बोला "अरे माँ, मैं बस ये सोच रहा था कि जिस जगह पर न्यूज चैनल वाले ब्लास्ट का मैंन पॉइन्ट बता रहे है वहाँ पर तो गाड़ी पार्किंग का एरिया है और सच बताऊँ तो वहां ज्यादा भीड़ भी नहीं रहती। पता है आज ही शाम को मैं एक पैसेंजर को मार्केट छोड़ने के लिए इस जगह पर गया था और फिर मैं एक जुलूस के बीच फंस गया। अगर 15 मिनट पहले ये ब्लास्ट हुआ होता ना तो ये बहुत बड़ी घटना बन सकती थी और शायद मैं भी इस ब्लास्ट में पापा के पास जा चुका होता..."

रघु ये कहते हुए हल्का सा मुस्कुराया, लेकिन ये बात सुनकर जानकी जी का दिल दहल सा गया और उनकी आंखें भर आई। लेकिन फिर भी वो खुद को सम्भालते हुए थोड़ा सोच समझकर बोली "रघु बेटा मैं तेरी माँ हूँ, लेकिन फिर भी मैं तुझसे एक बात कहना

चाहती हूँ। तेरे पापा ने अपनी जान को इस देश के लिए गंवा दिया था बेटा। वो अपनी आखिरी साँस तक देश के दुश्मनों से लड़े। तो कभी अगर ऐसी परिस्थिति तेरे सामने पड़े, तो तू जरा भी नहीं हिचकिचाना। तू कभी भी अपने कदम पीछे मत खींचना रघु और हमेशा कोशिश करना की तू आम जनता की मदद कर सके।"

जानकी जी की बात सुनकर पूरे कमरे में सन्नाटा छा चुका था और इस सन्नाटे को तोड़ते हुए रघु बोला "माँ ये भी कोई कहने की बात है। बस एक बार मुझे IPS officer बनने दे। तेरे बेटे को मारने की किसी को हिम्मत भी नहीं होगी और हाँ, अगर ऐसा कुछ हुआ भी ना, तो मुझे तेरी सिखाई हुई सारी बातें हमेशा याद रहेगी। तू फिक्र मत कर...."

तभी ब्लास्ट वाली बात पर अपने expert comments देते हुए रघु बात बदलते हुए बोला "और हाँ जहाँ तक बात है इस ब्लास्ट की तो मुझे लगता है इस ब्लास्ट के पीछे का मकसद किसी को नुकसान पहुंचाना था ही नहीं। पता है क्यों? क्योंकि news में जिस जगह पर बम रखे होने का अंदाजा लगाया जा रहा है, वो जगह इस पूरी मार्केट की सबसे सुनसान जगह है और उस ओर तो ज्यादा public जाती ही नहीं है"

रघु की बात को सही से समझने के लिए, एक बार फिर से बाकी सभी लोग भी news को ध्यान से देखने लगे। वहीं रघु, पंचकूला में हुए इस ब्लास्ट की बारीकियों को समझने की कोशिश में लगा ही था कि तभी एक बार फिर से उसका दिमाग यन्त्रा पर जाकर अटक गया और वो मन ही मन बोला "अच्छा हुआ यन्त्रा जी, उस जगह पर ज्यादा देर रुकी नहीं।"

दूसरी ओर,

होटल रूम में अपने दोनों हाथ जोड़कर बैठी हुई यन्त्रा। अपने परिवार की सलामती के लिए प्रार्थना कर रही थी और प्रार्थना करते-करते वो कुछ ही देर में बिना कुछ खाए पीये, वैसी ही सो गयी।

*************

# 8

## सुहानी सुबह..!

ज़िंदगी हमें कई बार, ऐसे मोड़ पर लाकर छोड़ देती है। जहाँ पर हमारा होना, उस वक्त के लिए भले ही बेवज़ह लगे।

लेकिन आने वाला कल, हमें हर एक चीज की वजह और अहमियत दोनों से रू-ब-रू करा देता है।

*************

अगले दिन,

सुबह के 5:30 बजे अंधेरा काफी था।

लेकिन यन्त्रा बेचैनी की वजह से जल्दी उठकर अकेले ही पैदल-पैदल होटल से बाहर निकल गई। मानसरोवर उसके लिए नयी जगह थी इसलिए

गांव की तरफ को ना जाकर, वो उसी रास्ते की ओर बढ़ गयी, जहाँ से कल रघु उसे इस गाँव के अन्दर लेकर आया था।

करीब 20 मिनट चलने के बाद यन्त्रा उसी रोड़ पर जा पहुंची थी। जहां से उसे मानसरोवर को अपने एक अटूट घेरे में बांधने वाली नदी साफ-साफ दिखाई देने लगी थी।

नदी की वजह से यहाँ पर चल रही हल्की-हल्की हवा, नॉर्मल से काफी ठंडी थी। यन्त्रा अपने दोनों हाथों को सहलाते हुए बस, नदी की ओर ही देखते हुए चली जा रही थी।

कि तभी वो एक जगह पर जाकर अचानक से ठहर गयी और एकटक नदी के बहते हुए पानी को देखने लगी।

अब तक थोड़ा उजाला भी होने लगा था। यन्त्रा चुपचाप उस बहती हुई नदी को ही देखे जा रही थी कि तभी उसको एक आवाज सुनाई दी।

"कितना सुकून देता है ना ये बहता हुआ पानी?"

यन्त्रा ने उस आवाज की ओर देखे बिना ही, कुछ सोचकर जवाब में कहा "किसी के लिए सुकून, तो किसी के लिए दर्द ही दर्द है इस बहते हुए पानी में..."

यन्त्रा के जवाब पर उस दूसरी आवाज ने कुछ देर खामोश रहने के बाद पूछा "दर्द? ऐसा कौन-सा दर्द है इस पानी में?"

ये सवाल सुन यन्त्रा थोड़ी देर के लिए खामोश हो गयी और फिर अपने ही सुर में बोली

"देखो ना, ये बहता हुआ पानी कितना कुछ खुद में समेट कर ले जा रहा है अपने साथ। कितने सपने, कितनी उम्मीदें और ना जाने कितने ख्वाब, जो शायद अब कभी पूरे नहीं हो पाएंगे। सब कुछ खत्म हो जायेगा इस बहती हुई नदी के बहाव के साथ..."

यन्त्रा के ये कहते ही, कुछ देर के लिए उस जगह पर एक बार फिर से, सन्नाटा छा गया और अब वहां पर एक बार फिर से, सिर्फ हवा और पानी के बहने की ही आवाज सुनाई देने लगी।

काफी देर की शान्ति के बाद, यन्त्रा ने नदी से अपनी नजरें हटाकर उस ओर देखा जहाँ से अब तक किसी के बोलने की आवाजें आ रही थी। लेकिन वहाँ अब कोई नहीं था।

यन्त्रा मुस्कुराकर उस आवाज को अपना वहम समझते हुए एक बार फिर से नदी की ओर देखने लगी और फिर कुछ सोचते हुए बोली "अब तो खुद से भी बातें करने लगी हूँ मैं। जाने ये ज़िंदगी और क्या-क्या दिन दिखाने वाली है मुझे..."

****************

काफी देर हो जाने के बाद भी यन्त्रा एकटक नदी की ओर देखते हुए, खुद की किस्मत पर मुस्कुराए जा रही थी। फिर अपना ध्यान इस नदी से हटाते हुए जैसे ही यन्त्रा ने अपने कदम वापस होटल की ओर जाने के लिए आगे बढ़ाये,

तभी अचानक से, उसके सीधे हाथ की तरफ से कुछ तितलियों के झुंड ने उसका ध्यान अपनी ओर खींच लिया। जिसमें से कुछ तितलियां उड़ती हुई आसमान की ओर जा रही थी तो कुछ तितलियां पहाड़ों की ओर और कुछ उसी नदी की ओर जिसने अब तक यन्त्रा को अपने तेज बहाव में खोने पर मजबूर किया हुआ था।

मिशन नक़ाब | 45

तितलियों के दूर जाने के साथ ही, यन्त्रा की नज़र मानसरोवर की सुबह के सबसे खूबसूरत नजारों पर गई।

ऊंचे-ऊंचे हरे पहाड़, उनमें बीच-बीच में खिले हुए लाल, गुलाबी, बैंगनी और पीले रंग के फूल। हवा के साथ उड़ती, पेड़ो के पत्तियों की सरसराहट की आवाज। नदी का वो नीले रंग का साफ पानी, उस पानी की वो कल-कल कर के बहती हुई आवाज। तितलियों के रंग-बी-रंगे कलर और उन सब में चार चाँद लगाती, पहाड़ों के पीछे से छन के आ रही सूरज की कुछ चमकीली सी किरणें।

ये खूबसूरत नज़ारा, किसी ख्वाब जैसा था।

इस खूबसूरत नजारे को देखते हुए यन्त्रा के चेहरे पर एक बहुत प्यारी सी स्माइल आ चुकी थी और उसकी इस स्माईल के साथ ही वो आवाज भी लौटकर वापस आ गयी, जिसे यंन्त्रा ने कुछ देर पहले अपना वहम समझ लिया था।

उस आवाज ने इस खूबसूरत नजारें में बैकग्राउंड साउंड देते हुए कहा "देखा आपने यन्त्रा जी, आपने अपनी नज़र का दायरा क्या बदला, ये जिंदगी खुद-ब-खुद खूबसूरत सी हो गयी। आपकी नजरें सिर्फ बहते हुए पानी से हट कर, यहां के नजारों पर पड़ी और कुछ ही देर में उसने आपके दिल और चेहरे की सारी शिकायतों को खत्म सा कर दिया।"

थोड़ी सी खामोशी के बाद वो आवाज, फिर आगे बोली "वैसे इसमें आपका कोई दोष नहीं है। हम इंसान अक्सर यहीं गलती करते है। अपना पूरा ध्यान दुख, तकलीफ और परेशानियों के बारे में सोचने में लगा देते है और फिर खुद ही बैठ कर सोचने लगते है, कि भगवान ने सारी परेशानियाँ हमारे सिर पर क्यों डाल दी है? क्यों ठीक कहा ना मैंने?"

****************

इन सब बातों को गौर से सुनते हुए अब यन्त्रा उस आवाज की ओर मुड़कर, वहाँ खड़े इंसान को देखने लगी। इस चेहरे को देखते ही वो अपने चेहरे पर हल्की सी स्माइल के साथ बोली "रघु? तुम यहाँ? वो भी इतनी सुबह-सुबह?"

"हाँ, मैं यहाँ। You know what? मैं जब भी मानसरोवर आता हूँ ना, मानसरोवर की ये खूबसूरत सुबह कभी मिस नहीं करता। मुझे तो लगता है,

This is the most beautiful thing in this word. तो इसे कैसे मिस कर सकता हूं मैं?"

रघु ने मुस्कुराते हुए अपनी बात खत्म की और फिर कुछ सोचते हुए बोला "वैसे मैं यहाँ हूँ, वो तो समझ आ रहा है। पर आप? आप इतनी सुबह-सुबह यहां क्या कर रही है?"

रघु की ये बात सुन, यन्त्रा ने आसमान की ओर देखकर बात बदलते हुए रघु से पूछा

"मैं बस यूं ही। वैसे, क्या मैं जान सकती हूं। यहाँ कि सुबह कभी मिस ना करने की कोई खास वजह?"

जब यन्त्रा रघु से बात कर रही थी, तो रघु नज़रे चुरा कर उसे ही निहारे जा रहा था।

यन्त्रा का चेहरा देखकर रघु मन ही मन खुश होते हुए, यन्त्रा के पूछे हुए सवाल के जवाब में बोला "हाँ वजह है ना। इस जगह को देखकर मुझे लगता है कि भगवान ने इसे काफी इत्मीनान से बनाया है। देखिये ना, हर चीज कितनी परफेक्ट है यहाँ पर। ये पहाड़, ये नदी, उसमें बहता हुआ ये पानी। सब कुछ अपने आप में पूरी तरह से कंप्लीट है"

रघु की बात सुनकर यन्त्रा मानसरोवर की वादियों को और भी गौर से देखने लगी।

की तभी रघु ने यन्त्रा की ओर देखते हुए मन ही मन में कहा "ठीक वैसे ही, जैसे की आपको बनाया है भगवान ने इत्मीनान से..."

अपने ख्यालों से बाहर आते हुए अचानक ही रघु ने यन्त्रा से पूछा "अच्छा यन्त्रा जी, आप मेरे साथ मानसरोवर की सबसे पीसफुल जगह पर चलना चाहेंगी? आई प्रॉमिस, वो जगह आपको बहुत पसंद आयेगी। उस जगह पर जाने के बाद, ज़िंदगी में जब भी आपके मन को शान्ति की जरूरत होगी ना, तो आप बस आंखें बंद कर लीजिएगा। वो जगह खुद ही आपको दिखने लगेगी और आपके मन को शांत भी कर देगी।"

रघु की बात सुन यन्त्रा कुछ देर अपनी ज़िदंगी में चल रहे तूफान के बारे में सोचने लगी और फिर मुस्कुराने की कोशिश करते हुए रघु की ओर देखकर

बोली "इतना कॉन्फिडेंस? तब तो जरूर कोई ना कोई खास ही जगह होगी। तो चलो, मैं वो जगह जरूर देखना चाहूंगी"

यन्त्रा की हाँ सुनकर, रघु ने खुश होते हुए रोड़ से नीचे की ओर इशारा किया और फिर उस ओर चलने लगा।

कुछ ही देर में वो दोनों नदी के ठीक बगल में चलते हुए छोटे बड़े पत्थरों से बनी एक गुफा जैसी जगह पर जा पहुँचे।

ये पत्थर, किसी पुराने किले के जैसा शेप बना रहे थे। पत्थरों के नदी के बीचों-बीच होने की वजह से इसके आस पास काफी सारा पानी इकट्ठा हो रखा था और यहाँ पर बहुत सारी कलरफुल छोटी-छोटी मछलियां भी तैर रही थी।

इस जगह पर पहुंचते ही रघु ने अपने रनिंग शूज किनारे पर उतारे और वो पानी में पैर डाल कर एक पत्थर पर बैठ गया। उसकी देखा-देखी यन्त्रा भी अपने शूज उतार कर साइड में रखते हुए, चुपचाप एक पत्थर के ऊपर बैठ गयी।

यन्त्रा के पानी में पैर डालते ही वहां की मछलियां पहले तो डर के दूर भागी और फिर कुछ ही देर में उसके पैरो के आस-पास आराम से घूमने लगी।

ठंडा पानी, ठंडी हवा और हवा के ठंडे-ठंडे झोंके के साथ में, चिड़ियों की चहचहाहट ने उन दोनों की रूह तक को शांत कर दिया था। प्रकृति की इस अद्‌भुत खूबसूरती को महसूस करते हुए, यन्त्रा गौर से मछलियों को देखने लगी।

उसका बीता कल, उसे लगातार गहरे अंधेरे की ओर खींच रहा था। लेकिन आज वो अंधेरा, यन्त्रा को डराने की जगह उसे हर मुश्किल से लड़ने का हौसला दे रहा था और इसी हौसले को बटोरने में, उसे वक्त का पता ही नहीं चला।

***************

करीब आधे-एक घंटे बाद रघु उस पत्थर से उठता हुआ यन्त्रा से बोला "यन्त्रा जी, तो फिर कैसी लगी ये जगह आपको?"

"जैसी तुमने कही थी बिल्कुल वैसी ही..." यन्त्रा ने तपाक से कहा।

ये कहते वक्त यन्त्रा के चेहरे में पहले से कहीं ज्यादा सुकून था। कॉन्फिडेंस से भरपूर यन्त्रा की नजरों के साथ ही, उसके चेहरे पर भी एक स्माईल थी, जो उसके बदले हुए दिल का हाल बयां कर रही थी।

तभी रघु यन्त्रा को देखते हुए पत्थरों से नीचे जा उतरा और फिर अपने शूज पहनते हुए बोला "अब हमें यहां से जाना होगा यन्त्रा जी। एक्चुअली मुझे एक जरूरी काम से आज ही दिल्ली के लिए निकलना है।"

दिल्ली का नाम सुनते ही, यन्त्रा भी पत्थर से उठकर साइड में आ गई और अपने शूज पहनने लगी। कुछ देर तक अपने मन में आ रहे सवालों को दबाने की कोशिश करते हुए, आखिरकार यन्त्रा ने रघु से पूछ ही लिया "क्या मैं जान सकती हूँ रघु, दिल्ली में कौन-सा जरूरी काम है तुम्हें?"

यन्त्रा के इस सवाल पर, मन ही मन डांस करते हुए, रघु बड़ी-सी स्माइल अपने चेहरे में चिपकाए हुए खुद से बोला "कल से आज में ही मेरी इतनी चिंता? क्या बात है रघु? मुझे तो लगता है जो मेरा हाल है, वो इसका भी हाल है। तो क्यों ना हाल से हाल मिला लिया जाये?"

यहाँ रघु मुस्कुराते हुए मन-ही-मन खुद से बात कर रहा था और वहाँ यन्त्रा उसकी ओर देखते हुए एक बार फिर से बोली "तुमने बताया नहीं रघु, दिल्ली क्यों जा रहे हो? अच्छा छोड़ो, मुझे नहीं बताना चाहते, तो कोई बात नहीं।"

यन्त्रा ने दोबारा से सवाल पूछने के बाद, बात को नॉर्मलाइज करते हुए जो कहा, उसे सुनकर रघु हड़बड़ाकर जवाब देखते हुए बोला "अरे नहीं, ऐसी कोई बात नहीं है। वो एक्चुअली दिल्ली में मेरा एक एग्जाम है। उसी के लिए जाना है मुझे"

रघु की बात सुनते ही यन्त्रा पहले तो बहुत कंफ्यूज हो गयी और फिर उसने बहुत सोच विचार करने के बाद, मासूमियत से पूछा "टैक्सी चलाने के लिए भी कोई एग्जाम देना होता है क्या?"

यन्त्रा की ये बात सुनते ही रघु ने गुस्से से उसकी ओर देखा और फिर यन्त्रा कि सीरियस शक्ल देखकर रघु को मन ही मन खुद पर हंसी आने लगी। वो बिना कुछ बोले, यन्त्रा को रास्ता दिखाते हुए उसके आगे-आगे चलने लगा।

फिर मन-ही-मन खुद से बोला "लो करवाली मैंने फिर से अपनी बेइज्जती। अब यन्त्रा जी को भी क्या ही बोलूं। उनको जो पता है मेरे बारे में, वो तो उस हिसाब से सही ही क्वेश्चन पूछ रही है..."

************

# 9

# न्यू मिशन

हम लोगों को उतना ही जानते है, जितना वो हमें अपने बारे में जानने देते है

और हम, उसी आधी-अधूरी जानकारी के साथ निकल पड़ते है दुनिया के सामने, उन लोगों को जज़ करने।

*************

रघु के मुँह से एग्जाम का नाम सुनते ही यन्त्रा कंफ्यूज हो गई और उसने रघु से पूछ ही लिया कि आखिर एक ड्राइवर बनने के लिए कौन-सा एग्जाम देना होता है। जिस पर रघु कोई भी जवाब नहीं दे पाया।

रघु को यूं चुपचाप आगे-आगे चलता देख, यन्त्रा ने दोबारा से पूछा "बताओ ना रघु, कौन-सा एग्जाम है तुम्हारा? और तुम ये मेरी बात सुनकर मुस्कुरा क्यों रहे हो? मैंने कुछ गलत पूछ लिया क्या?"

रघु आगे चलते हुए ही बोला "यू.पी.एस.सी का मेन्स का एग्जाम है..."

रघु की बात सुनते ही यन्त्रा चलते-चलते अचानक से रूक गई और फिर बहुत सरप्राइज होते हुए बोली "यू.पी.एस.सी? तुम्हारा मतलब है तुम आई.ए.एस बनने की तैयारी कर रहे हो?"

अब तक रघु नदी के थोड़े ऊपर को बनी रोड़ पर पहुँच चुका था। वहाँ पहुँचते ही रघु ने पीछे मुड़कर देखा और दूर खड़ी यन्त्रा को देखते हुए थोड़ा जोर से बोला "आई.ए.एस नहीं, आई.पी.एस. ऑफिसर।"

"आई.पी.एस. ऑफिसर? लेकिन रघु, अगर तुम यू.पी.एस.सी की तैयारी कर ही रहे हो, तो फिर ये टैक्सी? तुम्हें तो अपना सारा टाइम पढ़ाई में लगाना चाहिए ना?"

ये कहते हुए यन्त्रा भी रघु के पीछे-पीछे मेन रोड पर आ पहुंची।

मिशन नक़ाब | 50

तभी रघु ने जवाब देते हुए कहा "यन्त्रा जी, मेरे पापा अब इस दुनिया में नहीं है। तो घर चलाने के लिए काम तो करना ही पड़ेगा ना और जहाँ तक बात है मेरी यू.पी.एस.सी की तैयारी की, तो उसके लिए जरूरी नहीं है कि में सब कुछ छोड़कर सिर्फ और सिर्फ तैयारी करता रहूँ।"

कुछ देर के लिए खामोश होकर, रघु आगे बोला "वैसे मुझे आई.पी.एस. ऑफिसर बने देखने का सपना मेरे पापा का ही था। वो चाहते थे कि मैं भी आर्मी या फिर पुलिस लाइन में सेलेक्ट होकर उनकी ही तरह अपनी आखिरी साँस तक अपने देश की सेवा करूं and you know what यन्त्रा जी, आखिरी दिन जब पापा अपनी ड्यूटी के लिए घर से निकल रहे थे ना, तो उन्होंने अचानक ही मुझसे कहा की रघु बेटा मैं तुझे आई.पी.एस. ऑफिसर बने हुआ देखना चाहता हूँ। ये मेरे पापा के मुझसे कहें हुए आखिरी शब्द थे। तो मुझे तो ये पूरे करने ही थे ना?"

रघु की बात खत्म होते ही उस जगह पर एक बार फिर से सन्नाटा पसर गया। नदी की ओर देखते हुए रघु और यन्त्रा अपने-अपने अतीत के ख्यालों में खो गये थे।

जहाँ एक ओर रघु अपने पापा के साथ बिताये पल याद कर रहा था। वहीं अतीत की दुनिया में यन्त्रा, अपनी आँखों से बह रहे आंसुओं के साथ, किसी अपने के इस दुनिया से चले जाने के मंजर को याद कर रही थी।

कुछ ही सेकंड में, रघु माहौल को लाईट करने के लिए अपने आँसुओं को पोंछते हुए बोला "यन्त्रा जी, प्लीज आप किसी को बोलना नहीं हां कि मैं रो रहा था। वरना लोग क्या सोचेंगे मेरे बारे में, फ्यूचर आई.पी.एस ऑफिसर रोता है। अब देखिए, ये सुनने में ही कितना अजीब लग रहा है..."

रघु की बात पर "हाँ" में सिर हिलाते हुए, यन्त्रा भी मुस्कुरा दी और फिर कुछ ही देर में, यूं ही बातें करते हुए रघु, यन्त्रा को होटल छोड़कर अपने घर निकल गया।

****************

आज रघु और यन्त्रा दोनों के ही दिल हल्का महसूस कर रहे थे और दोनों के ही चेहरों पर एक प्यारी सी मुस्कान थी।

कुछ ही देर के बाद, रघु पैदल चलते हुए अपने घर जा पहुँचा। वो नहाकर तैयार हुआ और नाश्ता करने बैठ गया। इस वक्त, जानकी जी रघु के बगल में ही बैठी हुई थी और उसे अच्छे से निहार रही थी।

वो खाना खाकर उठा ही था कि जानकी जी रघु को रोकते हुए बोली "रघु बेटा..."

जानकी जी की आवाज सुनते ही रघु थोड़ी देर के लिए रुक सा गया और फिर अपनी मां के इशारे पर उनके बगल में बैठते हुए बोला "हां माँ.. क्या हुआ? तुम इतनी परेशान क्यों लग रही हो?"

रघु की बात सुनते ही जानकी जी रघु के सिर पर हाथ फेरते हुए बोली "मैं तेरे लिए परेशान हूं बेटा। देख तू वहां दिल्ली में अपना ध्यान रखना और एग्जाम की टेंशन के चक्कर में कहीं खाना पीना मत छोड़ देना..."

"अरे मां तुम मेरे लिए क्यों परेशान होती हो... मैं बिल्कुल ठीक हूँ और अपना ध्यान भी रख रहा हूँ। दिल्ली में भी अपना ध्यान सही से रखूंगा। तुम फालतू में मेरी इतनी टेंशन मत लो...."

ये बोलते हुए रघु ने अपनी मां को गले लगा लिया और फिर अचानक से सामने दीवार पर लगी घड़ी को देखते हुए बोला. "माँ अब मुझे तैयार होकर जल्दी से निकलना चाहिए, वरना आज तो मुझे दिल्ली पहुंचने में रात हो जायेगी।"

जानकी जी ने भी घड़ी में टाइम देखा और हां में अपना सिर हिलाते हुए बोली "ठीक है बेटा.. तू जा जल्दी से तैयार हो ले...."

जानकी जी की हां सुनते ही रघु उनके माथे पर किस करते हुए जल्दी-जल्दी में किचन की तरफ बढ़ गया और तुरंत हाथ धोकर तैयार होने के लिए अपने कमरे की तरफ भागा।

**************

कुछ ही देर में, रघु दिल्ली जाने के लिए पूरी तरह से तैयार हो चुका था। जानकी जी का आर्शिवाद लेने के बाद, वो रागिनी और वीर से गले मिला और फिर दिल्ली के लिए रवाना हो गया।

घर से कुछ ही दूर पहुँचने के बाद रघु को याद आया कि वो तो यन्त्रा को उसके पैसे लौटाना ही भूल गया है। ये बात याद आते ही एक बार फिर से रघु को यन्त्रा के पास जाने का बहाना मिल गया। वो बिना सोच-विचार किये, बेझिझक होटल की ओर चल दिया।

वहीं दूसरी ओर hotel में,

यन्त्रा ने आज बहुत दिनों के बाद सही से भर पेट खाना खाया था और अब वो तैयार होकर, पंचकूला की ओर निकलने के बारे में ही सोच रही थी।

लेकिन इससे पहले कि रघु होटल पहुँचता, एक बार फिर से यन्त्रा के फोन पर उसी नम्बर से कॉल आने लगा, जिससे कल रात उसे धमकियां दी गई थी।

यन्त्रा ने घबराकर जल्दी से कॉल रिसीव किया, तो एक बार फिर से वही भारी-सी आवाज में, वही सेम आदमी बोला "जानेमन तेरी बहुत याद आ रही है मुझे। लेकिन तेरे-मेंरे बीच कि ये दूरियाँ तो कम होने का नाम ही नहीं ले रही। ना जाने अब फिर से कब हो पायेगा हमारा मिलना..."

ये कह कर वो आदमी जोर-जोर से हंसने लगा और फिर अचानक से सीरियस आवाज में बोला "एक नया मिशन आया है तेरे लिए, बॉस ने बोला है कि तूझे दिल्ली जाकर काम करने के बाद ही, अपने लाडले की शक्ल देखने को मिल पाएगी। कुछ समझी कि नहीं?"

उस आदमी की पूरी बात सुनते ही अचानक से यन्त्रा के दिल की धड़कने बहुत तेज़ हो गई और वो रूआसी सी आवाज में बोली "ये क्या कह रहे हो तुम? प्लीज ऐसा मत कहो। मुझे एक बार उससे मिल लेने दो। मुझे उसको देखे हुए 2 हफ्ते हो चुके है। प्लीज मुझे उससे मिलने दो, उसके बाद तुम जो कहोगे, मैं वो करने को तैयार हूँ। लेकिन प्लीज मुझे उससे एक बार मिल लेने दो.."

ये कहते हुए एक बार फिर से यन्त्रा बहुत ज्यादा रोने लगी।

तभी वो आदमी बोला "तू अपना ये काम निपटा। उसके बाद आकर इससे मिल लेना और हाँ अगर तूने इस काम के लिए मना किया, तो यहाँ आकर तुझे सिर्फ और सिर्फ इसकी लाश ही मिल पाएगी। अब बाकी तेरी मर्जी...."

ये सुनते ही यन्त्रा रोते हुए बोली "प्लीज उसे कुछ मत करना। मैं... मैं करूंगी, तुम जो भी काम कहोगे, मैं वो करूंगी। बस तुम उसे कुछ मत करना। बताओ मुझे क्या करना होगा?"

"शाबाश, मुझे पता था तू मना नहीं करेगी। पूरे काम का सामान तूझे दिल्ली में ही दे दिया जाएगा और हाँ क्या करना है वो भी तुझे वहीं पता चलेगा। बाकी सारी तैयारियां हो चुकी है, तू बस आज ही दिल्ली के लिए निकल जा ताकि आने वाला अगला हफ्ता, तू दिल्ली के लिए यादगार बना सके।"

"तुम जैसा कहोगे, मैं वो सब करने को तैयार हूँ। बस तुम उसे कुछ मत करना।"

यन्त्रा ने अपने आँसू पोछते हुए रूआसी आवाज में कहा, तो दूसरी तरफ से वो आदमी खुश होते हुए बोला "जानेमन, जब तक तू ऐसे ही हमारे काम आते रहेगी, तेरा परिवार बिल्कुल सही सलामत रहेगा और हाँ, इस बार काम निपटाकर तू सीधा मेरे पास चले आना। मेरी आंखों को सुकून देने।" उस आदमी ने इतना कहकर जोर-जोर से हँसते हुए कॉल कट कर दिया।

एक तरफ कॉल कट हुआ। वहीं दूसरी तरफ, यन्त्रा के कमरे के दरवाजे पर किसी ने नॉक किया। जिसकी आवाज से यन्त्रा अचानक से डर गई।

यन्त्रा ने घबराते हुए अपने आँसू पोछने की नाकाम कोशिश की और फिर दरवाजे की ओर देखते हुए खुद से ही बोली "इस वक्त यहां कौन आ गया?"

यन्त्रा यहीं सोचते हुए दरवाजे की ओर जाने लगी और उसने अपने आँसू, एक बार फिर से पोछने के बाद दरवाजा भी खोल दिया।

सामने देखते ही वो चौंककर बोली "तुम? अब तुम यहां क्या कर रहे हो? तुम्हें तो आज दिल्ली के लिए निकलना था ना?"

यन्त्रा के सामने कोई और नहीं बल्कि रघु ही था।

यन्त्रा का ये सवालों वाला रिएक्शन देखकर, रघु ने हड़बड़ाते हुए कहा "वो मैं जा ही रहा था। फिर मुझे कुछ याद आ गया.."

इतना कहकर रघु चुप हो गया और अपनी जेब से पैसे निकालकर यन्त्रा की ओर बढ़ाते हुए बोला "ये आपके पैसे यन्त्रा जी। आपको यहाँ सुरक्षित लेकर आना मेरा फर्ज था। उसके बदले में, मैं आपसे ये पैसो नहीं ले सकता"

यन्त्रा इस वक्त काफी परेशान थी। पर एक पल को रघु को सामने देखकर वो फिर से उसी सुकून भरे पल में जा पहुंची थी, जहां वो आज सुबह नदी के पानी में पैर डाले हुए पहुंच गई थी।

रघु को इस तरह से उसके पैसे वापस लौटाते देख यन्त्रा को ऐसा फील हो रहा था, जैसे रघु उसका कोई अपना हो। उसे ऐसा लग रहा था जैसे एक वो ही है, जो इस वक्त उसकी मदद कर सकता है।

पैसों की ओर देखते हुए इसी सोच में डूबी हुई यन्त्रा को, रघु ने आवाज लगाते हुए कहा "यन्त्रा जी, कहाँ खो गयी आप? देखिये आप मुझे गलत मत समझिये, मैं सच में बस ये पैसे ही वापस लौटाने आया था आपको..."

जितनी देर रघु ये सब बोल रहा था, इतनी देर यन्त्रा के दिमाग में अलग ही खिचड़ी पक रही थी। रघु की बात खत्म होते ही यन्त्रा ने उसकी ओर देखते हुए पूछा "अगर मैं पैसे वापस न लूं तो?"

यन्त्रा की बात सुनकर, रघु अपने हाथ में पकड़े पैसों की ओर गौर से देखने लगा।

इससे पहले कि वो यन्त्रा की ओर देखकर कुछ कहता। यन्त्रा ही मुस्कुराते हुए बोल पड़ी "आई थिंक, ये पैसे लौटाने से अच्छा तुम मुझे मेरी डेस्टिनेशन पर ड्रॉप कर सकते हो। प्लीज इस बार मना मत करना, वरना लास्ट टाइम की तरह मुझे फिर से तुमसे छिपकर तुम्हारी गाड़ी में बैठना पड़ेगा।"

यन्त्रा की बात सुनकर रघु पहले तो हँस दिया और फिर कुछ सोचते हुए बोला "लेकिन यन्त्रा जी ऐसा कैसे हो पाएगा? मैं तो दिल्ली जा रहा हूँ ना और आप पंचकूला।"

"तो एक काम करो मुझे भी अपने साथ दिल्ली ही ले चलो" ये कहते हुए यन्त्रा अपने कमरे के अंदर जाकर शूज पहनने लगी।

उसका यूं अचानक दिल्ली जाने का प्लेन सुनकर, रघु बहुत कंफ्यूज लग रहा था। वो दरवाजे पे खड़ा होकर कभी यन्त्रा को देखता तो कभी अपने हाथ में पकड़े हुए पैसों को।

तभी यन्त्रा अपने बालों पर हाथ फेरते हुए दरवाजे पर आ गई और रघु के सामने खड़े होकर बोली "आई एम रेडी, अब चले?"

रघु बिना कुछ बोले यन्त्रा के सामने से किनारे हो गया और यन्त्रा अपनी नाक की सीध पर चल दी।

रिसेप्शन एरिया में पहुँच कर, यन्त्रा ने जल्दी से होटल से चेक आउट किया और फिर होटल से बाहर निकलकर रघु की टैक्सी के सामने जा खड़ी हुई।

************

# 10

## सच या झूठ!

हर इन्सान की ज़िंदगी में ऐसे कई पल आते है, जब उसे सही या गलत में से किसी एक को चुनना पड़ता है।

लेकिन क्या हो, जब सही को चुनने की कीमत आपके अपनों की ज़िंदगी हो?

*************

रघु की कार के सामने खड़ी यन्त्रा के दिल और दिमाग में एक भयंकर तूफान आया हुआ था। वो इस वक्त बहुत बड़ी असमंजस में थी। वो इस जंजाल से बाहर निकलना चाहती थी, लेकिन ना चाहते हुए भी वो इस दलदल में अन्दर तक धसती चली जा रही थी।

अपने बिखरे हुए जज्बातों को समेटने की कोशिश करते हुए यन्त्रा अपनी नजरें झुकाकर रघु के आने का इन्तजार कर रही थी।

उसके दिमाग में चल रही उथल-पुथल में, कहीं ना कहीं वो, रघु के जरिये इस दलदल से बाहर निकलने के बारे में भी सोच रही थी। उसके दिल में, रघु से कुछ मदद मिल पाने की एक उम्मीद जगी थी। जो सही है या नहीं ये जानना अभी बाकी था।

इन्हीं सब ख्यालों में यन्त्रा खोई हुई थी, कि तभी रघु वहाँ पहुँचा और एक नज़र यन्त्रा को देखने के बाद, बिना कुछ बोले सीधा ड्राइविंग सीट पर जाकर बैठ गया। लेकिन यन्त्रा अब भी अपने ही ख्यालों में खोई हुई, कार के सामने ही खड़ी थी।

वहीं ड्राइविंग सीट में बैठे रघु की शक्ल से ही पता चल रहा था, कि वो यन्त्रा के यूं अचानक उसके साथ दिल्ली जाने के इस फैसले से काफी परेशान था। लेकिन वो इस बार यन्त्रा को चाहकर भी मना नहीं कर सकता था और इसकी वजह था रघु के मन में यन्त्रा के लिए उमड़ रहा प्यार।

यन्त्रा की ओर देखते हुए रघु ने कुछ सोचा और फिर कार का हॉर्न बजाते हुए यन्त्रा को उसके ख्यालों से बाहर निकाल दिया।

हॉर्न की आवाज सुनते ही यन्त्रा ने नज़र घुमाकर ड्राइविंग सीट की ओर देखा और रघु को वहां बैठा देखकर वो खुद भी उसके बगल की सीट पर आकर बैठ गई।

रघु इस वक्त बहुत कंफ्यूज फील कर रहा था इसलिए उसने मानसरोवर से बाहर निकलने तक, यन्त्रा से कोई भी बात नहीं की। वहीं यन्त्रा भी अपने मन में चल रही बेचैनी को शान्त करने के लिए खामोश ही बैठी हुई थी।

उसी दौरान रघु की टैक्सी, मानसरोवर की उस सुन्दर-सी नदी के ऊपर बनी रोड में से गुजरी। उस नदी को देखते ही यन्त्रा को अपना इकट्ठा किया हुआ आत्मविश्वास फिर से लौटकर वापस आता हुआ सा महसूस हुआ।

और यन्त्रा मन ही मन खुद से बोली "हे भगवान, मुझे हिम्मत दे। मैं आज रघु को सब सच बता देना चाहती हूँ। हो सकता है, ये मेरी कोई मदद कर पाएँ और ये भी हो सकता है कि ये मेरी सारी तकलीफें दूर कर दे। मुझे लगता है, इस वक्त जिस मदद की मुझे सबसे ज्यादा जरूरत है, वो रघु ही मुझे दे सकता है। शायद इसी वजह से हम दोनों के रास्ते बार-बार आपस में टकरा रहे है।"

मन में इतना कुछ सोचने के बाद रघु को अपनी सच्चाई बताने की कोशिश करते हुए यन्त्रा घबराहट की वजह से यहाँ-वहाँ देखे जा रही थी।

देखते ही देखते उनकी कार मानसरोवर के रास्ते की एंट्री में मौजूद ब्रिज तक जा पहुँची। उस ब्रिज को पार करते ही यन्त्रा ने हिम्मत करके, रघु को सब कुछ सच-सच बताने के लिए उसकी ओर देखा ही था कि तभी,

रघु उसकी ओर देखे बिना ही बोला "यन्त्रा जी, वैसे मुझे पूछना तो नहीं चाहिए, लेकिन मुझे कुछ ठीक नहीं लग रहा..."

रघु की बात सुनते ही यन्त्रा के पसीने छूटने लगे और उसने घबराते हुए पूछा "क्या? क्या मतलब है तुम्हारा? क्या ठीक नहीं लग रहा तुमको?"

रघु ने यन्त्रा की घबराहट को नज़रअंदाज करते हुए कहा "अरे.. आपका ये अचानक से दिल्ली जाना, मुझे कुछ समझ नहीं आ रहा, आपने तो कल रात से ही पंचकूला जाने की ज़िद्द पकड़ी हुई थी और अब यूं अचानक से आपका

प्लान बदल गया। इसकी कोई खास वजह? मतलब कुछ हुआ है क्या? आपको यूं अचानक से दिल्ली क्यों जाना पड़ रहा है?"

यन्त्रा ने रघु की बात का जवाब दिए बिना ही एक लम्बी साँस ली और फिर रघु की ओर देखते हुए बोली "रघु मुझे तुमसे कुछ बात करनी थी। मेरा मतलब है कि, मैं अपनी लाइफ से रिलेटेड कोई बात तुम से शेयर करना चाहती हूँ..."

यन्त्रा ने इतना कहकर एक लम्बी साँस ली और फिर रघु से परमिशन मांगते हुए कहा "रघु, क्या मैं तुम पर इतना भरोसा कर सकती हूँ? क्या मैं अपनी लाइफ के बारे में तुम से कुछ डिसक्स कर सकती हूँ?"

यन्त्रा कि घुमा-फिरा कर कहीं गई ये बात सुनते ही, रघु ने कार साइड पर लगा दी और मुस्कुराकर यन्त्रा की ओर देखते हुए बोला "बिल्कुल यन्त्रा जी, आप अपनी सारी बातें मुझसे शेयर कर सकती है और घबराइये नहीं, आप मुझ पर आँखें बंद करके भरोसा कर सकती है।"

रघु के ये शब्द यन्त्रा के लिए किसी जीवनदान से कम नहीं थे इसलिए वो आँखों में आँसू लिए, बहुत बड़ी स्माइल के साथ रघु की ओर देखते हुए बोली "थैंक यू सो मच रघु। मैं तुम्हें आज सब कुछ सच-सच बता दूंगी लेकिन उसके बदले में, तुम्हें मेरी मदद करनी होगी।"

रघु ने यन्त्रा की बातों को बीच में ही रोकते हुए कहा "यन्त्रा जी अब आप पहेलियाँ ही बुझाती रहेगी या कुछ बताओगी भी? बताओ ना, आप क्या बताना चाह रही थी? मैं आपकी मदद करने की पूरी कोशिश करूंगा...."

रघु की बात सुनते ही यन्त्रा अपना पूरा आत्मविश्वास समेट कर सामने की ओर देखते हुए बोली "रघु बात ये है कि, तुम मुझे जो समझ रहे हो, मैं वो नहीं हूँ। मेरा मतलब है कि मैं.. मैं... मैं यन्त्रा नहीं..."

****************

इससे पहले की यन्त्रा अपनी बात पूरी कर पाती, रघु की साइड वाली विंडों के मिरर में किसी ने नॉक किया। जिसकी आवाज सुनते ही यन्त्रा और रघु दोनों का ध्यान उस ओर चला गया।

दोनों ने विंडो की ओर देखा तो वहां पर एक दाढ़ी वाला आदमी खड़ा था। उस आदमी की ओर देखते ही रघु ने जल्दी से मिरर नीचे किया और बोला "हाँ भाई जी बोलिये, कुछ काम था आपको?"

"अरे भैया ये पंचकूला का रास्ता यहीं से जाता है क्या?" उस बाहर खड़े हुए आदमी ने रघु से पूछा।

रघु उसके सवाल का जवाब देते हुए बोला "हाँ जी भाई यहीं रास्ता है। बस आप नाक की सीध पर चलते रहिये, सीधे पंचकूला ही पहुंचेंगे"

रघु की बात सुनकर उस आदमी ने एक नज़र यन्त्रा को घूर के देखा और फिर रघु को देखते हुए बोला "आप भी उसी तरफ जा रहे है? तो मुझे भी ले जा लिजिए। वो बात ये है ना कि मैं जिस टैक्सी में बैठा हूं उसके ड्राइवर को सही से रास्ता नहीं पता है। अगर आपसे मदद मिल जाती तो मैं भी थोड़ा जल्दी.."

उस आदमी की आधी बात सुनकर रघु, उसे बीच में ही टोकते हुए बोला "मैं जरूर लेकर चलता भाई आपको। लेकिन इस वक्त मैं दिल्ली जा रहा हूँ पंचकूला नहीं"

रघु ने अपनी बात कही ही थी कि वो आदमी एक बार फिर से यन्त्रा को घूरकर देखने के बाद रघु से बोला "कोई बात नहीं भाई, रास्ता बताने के लिए धन्यवाद"

ये कहते ही वो अन्जान आदमी पीछे खड़ी एक टैक्सी की ओर वापस चला गया।

*****************

उस आदमी के आने से यन्त्रा बुरी तरह से डर चुकी थी, अपनी घबराहट को काबू करने के लिए उसने गाड़ी में रखी बोतल से पानी पिया और एक लम्बी साँस लेते हुए अपने हाथों को कसकर बांध लिया और फिर वो कार में लगे स्टैचू को गौर से देखने लगी, थोड़े ही वक्त में वो अपने ही ख्यालों में गुम हो चुकी थी।

तब तक रघु ने भी वापस से विंडो का मिरर लगा लिया और मिरर लगाते ही उसने यन्त्रा से पूछा "हां तो यन्त्रा जी, अब बोलिए, आप कुछ बता रही थी?"

ये कहते हुए रघु ने यन्त्रा की ओर देखा, जो गाड़ी में लगे स्टैचू को बहुत ध्यान से देख रही थी। यन्त्रा को देखकर ऐसा लग रहा था मानो उसने रघु की बात सुनी ही ना हो।

*मिशन नक़ाब | 60*

रघु ने एक नज़र उसे देखा और तुरंत ही चुटकी बजाते हुए तेज आवाज में यन्त्रा से बोला "यन्त्रा जी कहां खो गई आप? बताइए ना आप क्या कह रही थी"

रघु की आवाज सुनते ही यन्त्रा उसकी ओर चौंककर देखने लगी और दूसरे ही पल उसने अपने चेहरे पर हल्की सी स्माइल लाते हुए कहा "अरे, कोई बड़ी बात नहीं थी रघु। मैं तो बस ये बता रही थी कि मुझे यूं अचानक से दिल्ली यूं जाना पड़ रहा है।"

"हाँ बताइये ना यन्त्रा जी, आप ऐसे अचानक दिल्ली क्यों जा रही है? और आप कुछ और भी कह रही थी कि मैं जो आपको समझ रहा हूँ आप वो नहीं है। तो आप कौन है और मैं क्या समझ रहा हूँ आपको?" ये कहते हुए रघु के चेहरे पर, एक छेड़ने वाली स्माइल आ चुकी थी।

वहीं दूसरी तरफ, अब भी यन्त्रा का मन रघु को सब कुछ बता देना चाहता था। लेकिन अचानक रास्ता पूछने आये, उस दाढ़ी वाले आदमी को अपने सामने देखकर, यन्त्रा अपनी सारी हिम्मत खो बैठी थी क्योंकि वो शख़्स उसी टीम का मेंबर था, जिससे यन्त्रा को बार-बार धमकी भरे कॉल आ रहे थे।

कुछ देर सोचकर यन्त्रा ने जवाब दिया "वो मैं... मैं.. एक अनाथालय में पली बढ़ी हूं और अभी कुछ देर पहले मेरे पास वहाँ से कॉल आया था। वो मिस निशा, ओर्चर्ड होम अनाथालय कि हैड, उनकी तबीयत बहुत खराब है इसलिए मुझे उनसे मिलने वहां जाना है। हो सकता है उनका ख्याल रखने के लिए मुझे कुछ दिन वहीं पर रहना भी पढ़े।"

यन्त्रा कि पूरी बात सुनकर रघु उसका हाल-ए-दिल अच्छे से समझ गया। वो समझ गया था कि यन्त्रा ये बात बताने में अनकंफर्टेबल फील क्यों कर रही थी।

ये बात सुनने के बाद रघु भी थोड़ी देर के लिए शांत हो गया। फिर वो कुछ सोचकर बोला "आई एम रियली सॉरी यन्त्रा जी। आप बिल्कुल भी चिंता मत करिये। मैं जल्दी से आपको दिल्ली पहुंचा दूंगा। फिर आप आराम से अपनी हेड मैडम का ध्यान रख सकती है। ठीक है ना? और हाँ, अगर आपको दिल्ली में भी मेरी कोई मदद की जरूरत पड़े तो आप बेझिझक मुझे फोन कर लेना।"

इतना कहते ही रघु ने अपनी जेब से एक पेपर और पेन निकाला और उसमें अपना नंबर लिखकर यन्त्रा की ओर बढ़ा दिया।

यन्त्रा के वो पेपर पकड़ते ही, रघु ने दोबारा से गाड़ी स्टार्ट की और वो दोनों दिल्ली की ओर रवाना हो गये।

************

# 11

# दिल्ली आगमन

अक्सर ज़िंदगी हमें ऐसे मोड़ पर लाकर खड़ा कर देती है,

जहाँ से हमारा आने वाला कल भले ही हमें धुंधला दिखाई दे रहा हो,
लेकिन अतीत साफ-साफ दिखाई देने लगता है।

***************

मानसरोवर से दिल्ली के लिए निकली हुई यन्त्रा और रघु की ये सवारी अपना आधे से ज्यादा रास्ता पार कर चुकी थी।

अब बस 1 और घंटे का सफर बाकी था। इस पूरे रास्ते यन्त्रा, रघु को अपनी सच्चाई बताने के लिए सही मौके की तलाश कर रही थी। लेकिन हर पल उसे महसूस हो रहा था कि कोई उस पर नज़र रखे हुए है।

वहीं रघु, यन्त्रा के परेशान हाव-भाव को देखकर, अपनी तरफ से पूरी कोशिश कर रहा था कि वो किसी भी तरह से यन्त्रा का बुझा हुआ सा मुड़ सही कर सके।

इसी चक्कर में रघु अपनी ज़िंदगी का कच्चा-चिट्ठा यन्त्रा के सामने खोलकर रखते जा रहा था। यूं तो यन्त्रा भी रघु की बातें और कंपनी में पूरी तरह से कंफर्टेबल फील कर रही थी। लेकिन उसके दिल और दिमाग में मिशन और अपने परिवार को लेकर काफी सारी बातें थी जो उसे खुलकर हंसने और बोलने से रोक रही थी।

अपनी तरफ से यन्त्रा के हर दुख को नॉर्मल करने की कोशिश करने के बाद रघु ने एक नज़र यन्त्रा की ओर देखा और फिर पूछा "आर यू ओके यन्त्रा जी?"

"हाँ, मैं ठीक हूँ। मैं बिल्कुल ठीक हूँ" यन्त्रा ने रघु के अचानक पूछे सवाल का जवाब देते हुए कहा और उसकी ओर देखकर मुस्कुरा दी।

यन्त्रा की स्माइल के पीछे, झलक रहे दर्द को देखते ही रघु ने गाड़ी की स्पीड और तेज़ कर दी ताकि वो टाइम से दिल्ली पहुँच जाये और यन्त्रा अपने अनाथ आश्रम की हेड मैडम से मिल सके।

*************

कुछ ही देर में इनकी सवारी अपने मुकाम में पहुँच चुकी थी। दिल्ली के बॉर्डर में एंटर करते ही रघु ने यन्त्रा से पूछा "यन्त्रा जी, आपका वो अनाथालय किस ओर पड़ेगा"

रघु का सवाल सुनते ही यन्त्रा अपने फोन की ओर देखकर कुछ सोचते हुए बोली "रघु मुझे लगता है, मुझे मिस निशा से मिलने सीधा हॉस्पिटल ही जाना होगा। तो एक काम करते है तुम मुझे सीधा नवजीवन हॉस्पिटल वाले चौराहे पर छोड़ दो। आई थिंक तुम्हारे लिए भी वहीं रास्ता सही रहेगा, उस रास्ते में ज्यादा ट्रैफिक भी नहीं होता...."

यन्त्रा ने इतनी सादगी से अपनी बात कही थी कि रघु ने आगे कोई सवाल ही नहीं किया।

फिर कुछ देर चुप रहने के बाद, यन्त्रा ने ही रघु से सवाल पूछते हुए कहा "वैसे रघु, क्या। मैं जान सकती हूँ कि, इस बीच तुम दिल्ली में कहाँ रहने वाले हो?"

"वो एक्चुअली मेरा एक दोस्त है जो यहाँ कश्मीरी गेट के पास में फ्लैट लेकर रहता है। उसका एक रूम खाली ही रहता है तो बस एक हफ्ते के लिए मैं वहीं रहने वाला हूँ और फिर वहाँ से मेरा एग्जाम सेंटर भी पास में ही है। तो आई थिंक, वहीं रहना सही रहेगा।"

इतना कह कर रघु चुप हुआ तो यन्त्रा अपने दिमाग में किसी चीज की कैलकुलेशन करने लगी।

तभी रघु ने मुस्कुराते हुए एक झलक यन्त्रा की ओर देखा और फिर बोला "यन्त्रा जी, मुझे ऐसा क्यों लग रहा है जैसे हम दोनों अब दोस्त बन गये है? आपका क्या ख़्याल है?"

रघु की बात सुनकर यन्त्रा मुस्कुराते हुए बोली "बिल्कुल रघु, अब हम दोस्त ही है"

रघु की ओर से की गई इस दोस्ती की पहल से, यन्त्रा को काफी सुकून महसूस हो रहा था और फिर उसने मन ही मन ये भी ठान लिया कि वो अपनी सच्चाई अब रघु के सामने लाकर ही रहेगी। लेकिन कैसे? ये अब भी यन्त्रा के लिए एक बड़ा सवाल बना हुआ था।

यन्त्रा इन्हीं ख़्यालों में खोई हुई थी कि तभी रघु की आवाज से उसकी तंद्रा टूटी।

"यन्त्रा जी, लगता है आपकी मंजिल आ गयी। इसी चौराहे कि बात कर रही थी ना आप?"

ऱघु की बात सुनकर यन्त्रा ने नज़र घुमाकर आस-पास देखा तो उसे नवजीवन हॉस्पिटल का बोल्ड दिखाई दे गया।

बोल्ड को देखने के बाद, यन्त्रा ने रघु की ओर देखा और बोली "थैंक यू सो मच रघु, मेरी इतनी मदद करने के लिए..."

ये कहकर यन्त्रा ने कार का दरवाजा खोला और वो कार से नीचे उतरने लगी। इस वक्त यन्त्रा को खुद से दूर जाते देख, रघु का दिल जोरों से धड़क रहा था।

रघु को ऐसा महसूस हो रहा था, मानों उसका कोई अपना उससे दूर जा रहा हो। इसी फीलिंग के चलते रघु धीमी सी आवाज में बोला "यन्त्रा जी, उम्मीद करता हूँ हम फिर से जरूर मिलेंगे और हाँ, आपको जब भी कोई मदद की जरूरत हो तो याद रखियेगा, आपका एक दोस्त हमेशा आपके लिए हाज़िर रहेगा। आप बस, एक कॉल कर दीजिएगा"

कार से उतरने के बाद यन्त्रा, रघु की ये बात ध्यान से सुन रही थी। तभी यन्त्रा के दिमाग में एक आईडिया आया, की क्यों ना वो रघु से कॉल पर कनेक्ट करके, अपना सारा सच उसे बता दें। ये सोचते ही यन्त्रा खुल के मुस्कुराते हुए बोली "मैं तुमको जरूर याद करूंगी रघु और हाँ एग्जाम के लिए बेस्ट ऑफ लक, फिर मिलते है... बॉय"

रघु ने भी "बॉय" बोलकर गाड़ी कश्मीरी गेट की ओर बढ़ा ली। रघु और यन्त्रा की राहें एक दूसरे से जुदा हो गयी। लेकिन इस उम्मीद में कि वो जल्द ही वापस मिलेंगे।

****************

रघु की गाड़ी को दूर तक जाते हुए देखकर, यन्त्रा मन ही मन सुकुन महसूस कर पा रही थी। आज उसे ऐसा महसूस हो रहा था मानों रेगिस्तान के सूखे में, ठंडे पानी से भरा हुआ घड़ा उसके हाथ लग गया हो।

अपने चेहरे पर हल्की सी स्माइल लिये यन्त्रा जाती हुई गाड़ी को देख ही रही थी कि तभी उसका फोन बज उठा।

फोन में दिल्ली का ही नंबर शो हो रहा था। हड़बड़ाते हुए यन्त्रा ने फोन रिसीव किया तो उसके "हैलो" कहने से पहले ही, दूसरी ओर से एक आदमी की आवाज आई "तेरी रासलीला खत्म हो गई? या अब भी और बातें करनी है तुझे उस ड्राइवर से? क्या सोचा था तूने उसके साथ कार में अकेले जा रही है तो हमारी नज़र तुझ पर नहीं है? और तू उसे हमारे बारे में सब बता देगी? यहीं सोच रही थी ना?"

"नहीं ऐसा कुछ नहीं है, वो, वो तो बस मुझे यहाँ पर तक छोड़ने आया था" ये जवाब देते वक्त यन्त्रा की आवाज में डर साफ-साफ झलक रहा था।

तभी वो आदमी बोला "तुझे क्या लगता है? हम पागल है, जो तुझ पर आँखे बन्द कर के भरोसा कर लेंगे? कार रोड के किनारे पर रूकवाकर क्या बता रही थी तू उस ड्राइवर को? तुझे क्या लग रहा था, वो दो कौड़ी का ड्राइवर हीरो बन के हम से बचा लेगा तुझे? कान खोलकर मेरी बात सुन ले, जिस दिन हमें भनक भी लगी, कि तू किसी को हमारे बारे में कुछ भी बताने की कोशिश कर रही है। वो दिन तेरे इस लाडले का आखरी दिन होगा। समझी कि नहीं?"

फोन के दूसरी साइड से उस आदमी की ये बातें सुनकर यन्त्रा कि आँखों से आँसू बहने लगे थे। वो अब कुछ भी कहने की हालत में नहीं थी।

और वो आदमी आगे बोला "अब मेरी बात ध्यान से सुन। अभी तुझे एक आदमी बैग देकर जायेगा, जिसमें तेरी जरूरत का कुछ सामान है और साथ ही तेरे रूकने के लिए किराये के कमरे की चाबी और उसका पता भी। सीधे उस पते पर चले जाना। वहां तेरे लिए एक सरप्राइज भी रखवाया है मैंने। तो.. लेट मत करना वहाँ पहुँचने में.."

ये कहते ही उस आदमी ने फोन कट कर दिया और यन्त्रा अपने आँसुओं को समेटने की कोशिश करते हुए, लम्बी-लम्बी साँसे लेने लगी।

अभी यन्त्रा चुप होने की कोशिश कर ही रही थी कि तभी एक लड़का तेज रफ्तार में यन्त्रा की ओर आया और उसके हाथ में एक नीले रंग का बैग पकड़ाते हुए भीड़ में कहीं गायब हो गया।

बैग के हाथ में आते ही, यन्त्रा ने सीधे उसकी पॉकेट चेक करना शुरू कर दिया। जिसमें उसे एक पर्ची में लिखे हुए पते के साथ ही, कमरे की चाबी और एक पेन ड्राइव मिली।

पेन ड्राइव को हाथ में लेते ही, यन्त्रा के हाथ बहुत तेजी से कांपने लगे।

****************

इस वक्त यन्त्रा दिल्ली की एक बिज़ी सड़क में, अपने हाथ में कुछ सामान लिए अकेले खड़ी थी।

अपने कांपते हाथों में पेन ड्राइव पकड़े हुए, यन्त्रा जल्दी में पैदल ही उस कमरे की ओर बढ़ गई, जिस जगह का एड्रेस उसे पर्चे में लिख के दिया गया था।

कुछ 8-10 मिनट में ही यन्त्रा, उस एड्रेस में जा पहुंची।

ये कमरा किसी भीड़ वाली बसती के बीचों बीच था। कमरे का ताला खोलते हुए, जहाँ यन्त्रा की नज़र पूरी तरह से उस पेन ड्राइव पर टिकी हुई थी। वहीं एक-दो झलक में, उस पूरी जगह का मुआयना करते हुए, यन्त्रा कमरे के अन्दर जा पहुँची।

कमरे को सही से बंद करके, यन्त्रा ने दीवार पर लगे हुए टीवी में, पेन ड्राइव कनेक्ट करने का पोर्ट धूंधा और फिर उसे टीवी से कनेक्ट करके टीवी का रिमोट हाथ में लिए वो सामने लगे बेड पर जाकर बैठ गई।

टीवी ऑन करते हुए भी यन्त्रा के हाथ बहुत कांप रहे थे। ऐसा लग रहा था मानों, यन्त्रा को पहले से ही किसी अनहोनी का अंदेशा हो गया हो।

देखते ही देखते टीवी भी ऑन हो गया, जिसमें पेन ड्राइव में पड़ा हुआ डाटा क्लियर दिखाई दे रहा था। इसमें दो वीडियो थी, जिसमें से पहले नम्बर वाली विडियो यन्त्रा ने प्ले कर दी।

वीडियो प्ले होते ही सामने का मंजर, यन्त्रा के लिए किसी डरावने सपने की तरह था।

वीडियो में, किसी कोने में, शांत पहाड़ियों के बीच बना हुआ, यन्त्रा का एक छोटा सा घर दिखाई दे रहा था। बाहर से ये घर जितना सुंदर था, उसके बिल्कुल उलट, इस वक्त घर के अंदर के हालात थे।

वीडियो में, यन्त्रा का 5 साल का बेटा "अमन" खिलखिलाते हुए वहां बैठे 6 आतंकवादियों के बीच उनकी बंदूकों से खेल रहा था। उस मासूम को तो ये भी नहीं पता था की, ये लोग मौका पाते ही इन्हीं खिलौनों से, उसकी जान भी ले सकते है।

इतने दिनों बाद अमन को एक झलक देखकर, जहाँ यन्त्रा का दिल पिघल गया। वहीं ऐसे माहौल में अपने बेटे को देखकर उसकी आँखों से बह रहे आंसू रुकने का नाम ही नहीं ले रहे थे।

वीडियो थोड़ा सा आगे बढ़ा तो, उन आतंकवादियों में से एक आदमी अमन से बोला "ओए लड़के, चल आज हम लोग गोली चलाना सीखेंगे। आ यहां मेरे पास आ..."

ये सुनते ही अमन, सामने के टेबल में पड़ी रिवाल्वर हाथ में लिये, उस आतंकवादी के पास आकर खड़ा हो गया और फिर तुतलाते हुए बोला "अंतल, मैं दे वाली बंदूक चलाऊं?"

"हाँ, चला ले ये बन्दूक। दोनों हाथ से ये बन्दूक कसकर पकड़ और वो सामने वाले पेड़ में गोली चला।"

उस आतंकवादी ने अमन का हाथ पकड़ के, सामने के पेड़ पर गोली चलवा दी। जिसकी आवाज से अमन पहले तो डर गया, लेकिन दूसरे ही पल सामने के पेड़ पर लगी गोली को देखकर खुशी से उछल पड़ा।

अमन को इतना खुश देखकर वो आतंकवादी बोला "चल अब मेरी बारी। अब मुझे चेक करना है कि तू कितना बहादुर है। तो सामने जाकर खड़े हो जा। अब मैं तुझ पर निशाना लगाऊंगा।"

आतंकवादी की ये बात सुनकर अमन चुपचाप खड़े-खड़े कुछ सोचने लगा। लेकिन वहीं दूसरी तरफ ये मंज़र देखकर यन्त्रा की पूरी बॉडी बुरी तरह से कांप उठी। वो अपने बेटे को बचाने के लिए, टीवी के काफी पास आकर खड़ी हो चुकी थी।

वहीं विडियो में ये कहने के बाद आतंकवादी और उसके साथी सभी हंसने लगे। हंसते हुए ही उस आतंकवादी ने अमन के हाथ से बंदूक ले ली और उसे कुछ दूरी पर अपने सामने खड़े करके, उस पर निशाना साधते हुए उल्टी गिनती बोलना शुरू कर दिया।

पाँच,

चार,

तीन,

दो,

एक,

जीरो...

इस जीरो के साथ ही उस आतंकवादी ने गोली चला दी और ये विडियो वहीं पर खत्म हो गया।

उस चलाई गई गोली की आवाज के साथ ही यन्त्रा भी तेज आवाज में चिल्ला उठी। "नहीं.."

*****************

# 12

## इमोशनल अत्याचार..!

असल में ज़िंदगी, हमारे हर उस छोटे-बड़े एहसास और हर उस सीख का लेखा-जोखा है,

जो हमें ज़िंदगी के सही मायनों से रू-ब-रू कराता है।

*****************

रिवर्स कॉउन्टिंग करते हुए जीरो के आते ही, उस आतंकवादी ने गोली चला दी और ये विडियो वहीं पर खत्म हो गया।

उस चलाई गई गोली की आवाज के साथ ही यन्त्रा भी तेज आवाज में चिल्ला उठी। "नहीं.."

एक तेज चीख़ के साथ ही यन्त्रा बुरी तरह से रोने लगी। ये मंज़र किसी भी माँ के लिए असहनीय था।

अपने बेटे को सही सलामत देख पाने के लिए यन्त्रा ने बन्द हो चुके वीडियो को, रिमोट से फिर से चलाने की कोशिश की। लेकिन वो विडियो यहीं पर खत्म हो चुका था।

अपने बेटे का नाम लेकर यन्त्रा जमीन पर धम से जा गिरी और जोर-जोर से रोने लगी। वो अभी-अभी देखे गए इस विडियो को पूरी तरह से भूल जाना चाहती थी। लेकिन इस खौफनाक मंजर को भूल पाना यन्त्रा के लिए ज़रा भी आसान नहीं था।

जमीन पर बेसुध होकर बैठी हुई यन्त्रा, जोरों से रोए जा रही थी। तभी अचानक से उसे पेन ड्राइव में प्रजेंट दूसरी विडियों की याद आई। जिसे देखने के लिए, यन्त्रा ने हड़बड़ाते हुए जमीन पर गिरे हुए रिमोट को उठाया और फिर दूसरे वीडियो को ढूंढने लगी।

उस दूसरे वीडियो के मिलते ही यन्त्रा ने उसे प्ले कर दिया। अपने बेटे की सलामती की उम्मीद करते हुए यन्त्रा गौर से उसके चलने का इन्तजार कर रही थी की तभी वो विडियो चालू हुआ, तो उसमें से एक लम्बी दाढ़ी वाला आतंकवादी आकर बोला "ओय जानेमन, डर गई क्या? हा हा हा हा हा.."

ये कहते ही वो आतंकवादी जोर-जोर से हंसने लगा।

कुछ देर हंसने के बाद वो सिरियस शक्ल बनाते हुए बोला "अभी के लिए तेरा बेटा जिन्दा है। लेकिन अगर हमारे इस मिशन में तूने पिछली बार की तरह कोई भी चालाकी दिखाई, तो अगली बार वीडियो नहीं, तेरे बेटे की लाश ही तुझे भिजवाऊंगा।"

ये कहकर उस आतंकवादी ने एक बार फिर से, वीडियो में अमन की एक झलक यन्त्रा को दिखा दी। जिसमें अमन अपने बूढ़े दादा जी के साथ सोफे में बैठ के गेम खेल रहा था। इसी के साथ ये दूसरा वीडियो भी यहीं पर खत्म हो गया।

वीडियो खत्म हो चुका था लेकिन यन्त्रा का रोना अभी भी चालू था। वो अब तक इतना रो चुकी थी की, रोते-रोते बेहोश ही हो गई।

**************

इसी बेहोशी में यन्त्रा, कुछ ही देर में अपने सपनों की दुनिया में जा पहुंची थी। जहां वो अपने परिवार के साथ पंचकूला की सुन्दर वादियों में खिलखिला कर हंस रही थी।

**Flashback-2 start**

6 साल पहले,

रात के 11:30 बजे, एक नई नवेली दुल्हन सज-धज के, एक फूलों से सजे कमरे के बेड पर बैठी हुई, अपने दूल्हे राजा का इंतजार कर रही थी।

तभी दरवाजे पर दस्तक हुई और कोई आदमी भारी भरकम जूते पहने हुए, कमरे के अंदर आकर दरवाजा बन्द करने लगा।

इस दस्तक को सुनते ही वो दुल्हन चौंकन्नी हो गई। उसने तुरन्त पास के टेबल में पड़ा चाकू हाथ में ले लिया और घूंघट के अन्दर से, उस आदमी को देखने की कोशिश करने लगी।

तभी उस दुल्हन ने गौर से देखा तो, 6 फुट का एक आदमी उसके सामने आ खड़ा हुआ था, जो कि उसका दूल्हा था।

बाकी दूल्हों से बिल्कुल अलग, वो कुर्ता पजामा पहना हुआ आदमी, आर्मी वाले काले रंग के भारी भरकम जूते पहनकर, हाथ में तिरंगा लिए कमरे के अंदर आया था।

उसे देखते ही दुल्हन ने गुस्से से अपना घूंघट खुद से ही हटा दिया और अपने हाथ में पकड़ा चाकू दूल्हे की ओर दिखाकर गरजते हुए बोली "विनय, ये सब क्या है? देखो अब ये मत कहना, कि तुमको फिर से अपनी सीक्रेट ड्यूटी पर वापस बुला लिया है।"

उस दुल्हन के गुस्से में कही गई ये बात सुनते ही विनय जोर से हंसने लगा और फिर हंसते-हंसते बोला "थैंक ग़ॉड, ऐसा कुछ नहीं है। मेरा आज का टाईम, सिर्फ तुम्हारा है, मीरा.."

सामने दुल्हन के लिबास में खड़ी मीरा ने गुस्से में ही चाकू साइड के टेबल पर पटका और विनय के हाथ से तिरंगा लेकर पास के टेबल पर अच्छे से सजाकर, थोड़ा कंफ्यूज होते हुए बोली "तो फिर, ये सब क्यों?"

"मीरा, मैं चाहता था कि आज मैं कुछ खास और सबसे अलग पहनकर तुम्हारे सामने आऊं। ताकी हमारी ज़िंदगी की ये रात तुम जब भी याद करो, तुम्हें हर पल ये बात याद आये की तुम्हारा विनय अपने देश के लिए कुछ भी कर गुजरने को तैयार है और ये याद करते ही तुम्हारे चेहरे पर गर्व, खुशी और आँखों में हल्के से आँसू, एक साथ आ जाये..." विनय ने ये कहा ही था की मीरा, मुस्कुरा कर विनय के गले लग गई।

गर्व, खुशी और आँखों में हल्के से आंसू के इस मिले-जुले भाव की वजह से, तुरन्त ही मीरा की आँखों में एक अगल ही खुशी भर आई थी।

**Flashback-2 end.**

एक तरफ यन्त्रा बेहोशी में अपने अतीत को याद कर रही थी। वहीं दूसरी तरफ, रघु अपने दोस्त के कमरे में पहुँच चुका था। कुछ देर अपने दोस्त से बात करने के बाद रघु, रास्ते की थकान कम करने के लिए खाली पड़े कमरे में जाकर सो गया।

लेकिन नींद आने से पहले भी, रघु की आँखों में यन्त्रा का ही चेहरा घूम रहा था। देखते ही देखते यन्त्रा की यादों में खोए हुए, रघु गहरी नींद में सो गया।

लेकिन सो जाने के बाद भी, यन्त्रा सपनों में भी रघु के साथ ही थी। अपनी इस ख्वाबों की दुनिया में रघु, यन्त्रा के साथ अपने आने वाले कल को जी रहा था और वहीं दूसरी ओर, बेहोशी की हालत में यन्त्रा अपने अतीत के सच का एक-एक पल याद कर रही थी।

**************

**Flashback-3 start**

5 साल पहले,

आज मीरा और विनय की शादी की पहली सालगिरह थी।

विनय, मीरा की आंखों में पट्टी बांधे, उसका हाथ थाम कर, उसे ड्राइंग रूम में लेकर पहुँचा। वहाँ पहुँचते ही उसने मीरा की आंखों से पट्टी हटाई ही थी कि तभी अचानक से तेज आवाज के साथ कुछ 5-6 लोगों के चिल्लाने की आवाज मीरा को सुनाई दी।

"सरप्राइज.... "

इस आवाज के साथ ही 6 मंथ प्रेग्नेंट मीरा के चेहरे पर खुशी की लहर दौड़ गई। मीरा और विनय के सभी क्लोज फ्रेंड आज इस पार्टी में प्रेजेंट थे।

मीरा और विनय की 1$^{st}$ Anniversary का सेलिब्रेशन शुरू हुआ और खूब मजाक मस्ती करते हुए, पता ही नहीं चला की कब आधी रात हो गई।

जहां इस वक्त हॉल में बैठे सभी जेंट्स साथ बैठकर गपशप कर रहे थे, वहीं घर के दूसरे कमरे में सारी लेडीज़ अपने अंदाज में इन पलों को इंजॉय कर रही थी।

तभी अचानक....

मीरा के कराहने की आवाज विनय के कानों पर पड़ी।

"विनय, जल्दी आओ विनय...."

अपने दोस्तों के साथ से उठकर, विनय तेजी से मीरा के पास पहुँचा। लेकिन अब तक मीरा बुरी तरह से खून से सन चुकी थी।

जिसे देखकर विनय ने घबराहट में, मीरा को अपनी बाहों में भर लिया और उसे संभालने की कोशिश करते हुए बोला "मीरा.. ये सब क्या हुआ? मीरा.."

"विनय... हॉस्पिटल, हॉस्पिटल चलो..." मीरा ने कराहते हुए इतना ही कहा और वो बेहोश हो गई।

कुछ देर बाद हॉस्पिटल में,

"विनय जी"

डॉक्टर की आवाज सुनते ही, विनय डॉक्टर के सामने आकर खड़े होते हुए बोला "डॉक्टर साहब, मेरी वाइफ ठीक तो है ना?"

"सर आप घबराएं नहीं। आपकी वाइफ ठीक है। लेकिन आपका बच्चा.."

विनय ने अपने दिल पर हाथ रखते हुए घबरा कर पूछा "लेकिन क्या डॉक्टर?"

"हम आपके बच्चे को नहीं बचा पाये सर"

कंधे पर हाथ रखकर कहीं गई डॉक्टर की ये बात सुनते ही, विनय के पैरों तले जमीन खिसक गई, लेकिन इस वक्त वो हिम्मत नहीं हार सकता था क्योंकि मीरा को उसके सहारे की जरूरत थी, इसलिए उसने अपने आँसुओं को आँखों में ही रोक लिया।

*****************

मिसकैरेज के कुछ 11 महीनों बाद,

विनय और मीरा के घर पर... एक तोतली आवाज गुंज रही थी।

"मम्मा, मुदे अब दे नहीं थाना.."

"बेटा मम्मा अभी आपकी कोई बात नहीं सुनेगी। पहले आप अपनी प्लेट का खाना फिनिश करो जल्दी से, मैं आपसे तभी बात करूंगी" मीरा ने किचन में पराठे बनाते हुए कहा।

"मम्मा, नहां आ जाओ ना...."

लगभग 4 साल के इस बच्चे ने फिर से अपनी तोतली आवाज में कहा, तो मीरा को मजबूर होकर उसके पास आना ही पड़ा।

उस बच्चे के पास आते ही मीरा ने कहा "अमन, लो आ गई मम्मा, अब हम दोनों मिलकर आपका पूरा खाना फिनिश कर लेंगे.. ओके"

अमन ने खिलखिलाकर हंसते हुए जवाब दिया "ओते मम्मा"

अमन की ओके सुनते ही, मीरा ने तरह-तरह की कहानियां सुनाते हुए अमन को नाश्ता करना शुरू कर दिया। इस वक्त मीरा और अमन दोनों ही बहुत खुश लग रहे थे।

लेकिन उनकी ये खुशी कुछ ही पलों की मेहमान थी.. और इस खुशी में ग्रहण लगाने के लिए, किसी ने डोर बेल बजाई।

तभी मीरा के ससुर जी जिनकी उम्र लगभग 70 साल थी, टीवी के सामने से उठने की कोशिश करते हुए बोले "मीरा तुम अमन को खाना खिलाओ, मैं खोलता हूँ दरवाजा"

आने वाले तूफान से बेखबर मीरा, डाइनिंग टेबल पर से उठकर दरवाजे की ओर जाते हुए बोली "अरे नहीं पापा, अमन तो नाश्ता खुद ही खा रहा है। आप बैठे, मैं देखती हूँ कौन है दरवाजे पर..."

मीरा ने दरवाजा खोला ही था की दरवाजे की दूसरी ओर 2 आर्मी ऑफिसर खड़े थे। जिनकी आँखों से दर्द साफ-साफ छलक रहा था और उनके हाथों में मीरा के पति विनय का कुछ सामान था।

उन्हें देखते ही मीरा को कुछ अजीब फील हुआ। लेकिन उसने अपने दिल में आ रहे बुरे ख्यालों को रोकते हुए, हिम्मत करके पूछा "जी ऑफिसर? कहिए कुछ काम था आपको?"

"मैडम वो विनय सर...."

इतना बोल के वो ऑफिसर कुछ देर के लिए शांत हुए ही थे कि मीरा रूआसी सी आवाज में लगभग चिल्लाते हुए बोली "ऑफिसर? क्या हुआ विनय को? कहाँ है वो?"

मीरा की रूआसी आवाज सुनकर उसके ससुर और बेटा अमन, भी तुरंत ही दरवाजे के सामने आ पहुँचे।

दरवाजे के सामने खड़े आर्मी ऑफिसर में से एक ने, अपने हाथ में पकड़े हुए कुछ सामान को मीरा की ओर बढ़ाते हुए कहा "मैडम, विनय सर देश के लिए शहीद.."

आर्मी ऑफिसर ने अपनी बात पूरी भी नहीं करी थी की मीरा, रोते हुए तेज आवाज में विनय का नाम पुकारते हुए, जमीन पर जा गिरी।

"विनय... नहीं ऐसा नहीं हो सकता। तुम मेरे साथ ऐसा नहीं कर सकते.. विनय..."

विनय देश के किसी खुफियां प्रोजेक्ट में काम करते हुए शहीद हो चुका था। इस शहादत में विनय की लाश तक उसके परिवार के नसीब में नहीं हो पाई थी।

****************

# 13

# खुशनुमा अतीत विथ डरावना आज

ज़िंदगी एक इम्तेहान है,

कब इसके पेपर में आउट ऑफ सिलेबस क्वेश्चन आ जाये,

किसी को क्या पता...

***************

विनय के शहीद होने के कुछ महीनों बाद,

मीरा ने एक छोटी-मोटी नौकरी करना शुरू कर दिया, ताकि वो अपने बेटे अमन का पालन-पोषण सही से कर सके।

कुछ और वक्त ऐसे ही बीत गया और विनय की मौत को आज करीब 10 महीने गुजर चुके थे। मीरा अब विनय की यादों के संग जीना सीख गई थी। लेकिन आने वाला वक्त उसकी ज़िंदगी का सबसे बड़ा इम्तिहान साबित होने वाला था।

शाम का वक्त,

मीरा ऑफिस से घर आ रही थी। उसने इस वक्त हल्के हरे रंग की कॉटन की साड़ी, अच्छे से पिनअप करके पहनी हुई थी। रास्ते की एक दुकान से, अमन के लिए समोसे पैक कराते हुए मीरा लगातार अपने ससुर जी के फोन पर कॉल लगा रही थी।

कुछ 10-15 कॉल कर लेने के बाद, मीरा खुद में ही बड़बड़ाते हुए बोली, "उफ्फ, ये पापा और अमन भी ना, पता नहीं कहा बिज़ी है, कॉल भी नहीं उठा रहे।"

समोसे के पैसे देते हुए, मीरा जल्दी-जल्दी घर की ओर, अपने कदम बढ़ाने लगी और कुछ ही मिनटों में उसने घर के दरवाजे पर पहुँच के डोर बेल बजाई। लेकिन दूसरी तरफ से कोई जवाब नहीं आया।

लगातार डोर बेल बजाती मीरा को अब 5 मिनट से ज्यादा हो चुका था, लेकिन घर का दरवाजा खुलने का नाम ही नहीं ले रहा था और मीरा की टेंशन लगातार बढ़ती चली जा रही थी।

टेंशन में, मीरा कभी अमन को आवाज लगाती, तो कभी अपने ससुर जी को, लेकिन घर के अन्दर से कोई जवाब नहीं आ रहा था।

कुछ देर तक ऐसे ही कोशिश करते हुए मीरा एक बार फिर से अपना फोन अपने पर्स से निकालते हुए बोली "मुझे तो लग रहा है, पापा अमन को कहीं घुमाने लेकर चले गये है। लेकिन ऐसा भी क्या घुमाना, की फोन भी नहीं उठा रहे। पापा भी ना.. कम से कम फोन तो रिसीव कर लेते... जानते है की मुझे टेंशन हो जाती है तब भी ऐसा करते है।"

खुद में ही बड़बड़ाते हुए मीरा ने फिर से अपने ससुर जी के फोन पर कॉल लगाई, तो फोन की आवाज घर के अन्दर से आती हुई सुनाई दी। फोन की आवाज सुनते ही, मीरा बुरी तरह से घबरा गई।

घबराते हुए मीरा ने बिना सोचे समझे दरवाजे को अपनी पूरी ताकत के साथ धक्का देना शुरू कर दिया। कुछ 2-3 बार पूरी ताकत से दरवाजे को धकेलने के बाद, अचानक ही वो दरवाजा अन्दर की तरफ से खोल दिया गया। जिसकी वजह से मीरा डिसबैलेंस होते हुए घर के अन्दर जमीन पर जा गिरी।

और अगले ही पल, घर के अन्दर का नज़ारा देखते ही मीरा के होश उड़ गये।

लगभग 5-6 हट्टे-कट्टे, लम्बी दाढ़ी वाले आदमी, हाथों में पकड़ी हुई बड़ी-बड़ी बंदूकों को मीरा पर ताने हुए खड़े थे। इससे पहले की मीरा कुछ समझ पाती, उनमें से एक आदमी ने अन्दर से दरवाजा बंद कर दिया और दूसरे ने मीरा को बालों से कसकर पकड़ते हुए जमीन से उठाकर खड़ा किया।

मीरा को कुछ भी समझ नहीं आ रहा था और उसकी नज़रे बस अपने बेटे को ही ढूंढ रही थी। मीरा लगातार धीमी सी आवाज में अमन का नाम पुकारने की कोशिश कर रही थी।

"अम.. अमन.."

इससे पहले की मीरा अमन को सही से पुकार पाती, मीरा की गर्दन पकड़ा हुआ वो आदमी, उसे घसीटते हुए एक आदमी के सामने लेकर गया। वो आदमी बहुत अजीब सा दिखाई दे रहा था।

उस आदमी की तरफ एक नज़र देखते ही, मीरा ने यहां वहां देखा तो उसे इसी अजीब से आदमी के सामने की कुर्सी में अमन के दादा जी, अमन को गोद में लिए बैठे हुए दिखाई दिए। जिनके ठीक पीछे 2 आदमी उन पर बन्दूक ताने खड़े थे।

वहीं छोटा सा अमन अपने दादाजी की गोद में छिपकर सो रहा था।

अमन और अपने ससुर जी को सही सलामत देखकर मीरा की सांस में सांस आई। लेकिन मीरा को अब भी कुछ समझ नहीं आ रहा था की आख़िर ये लोग है कौन? और उसके परिवार से चाहते क्या है?

तभी वो अजीब सा दिख रहा आदमी, जिसकी एक आंख पत्थर की थी और लगभग सभी दांत काले थे। मुँह में गुटखा भरे हुए, मीरा को ऊपर से लेकर नीचे तक देखते हुए बोला "क्या सही पटाखा है बे। इसे तो देखकर ही इतना मजा आ रहा है, चख़कर तो भाग्य ही खुल जायेंगे हमारे..."

उस आदमी की ये बात सुनते ही आस-पास खड़े, सभी आदमी जोर-जोर से ठहाके लगाकर हंसने लगे।

तभी उस आदमी ने एक इशारा करते हुए सब को चुप करा दिया और फिर अपनी जगह से उठकर मीरा के करीब आते हुए बोला, "जानेमन, मैं जानता हूं, मैं जानता हूँ तू अकेली है, चल आज के लिए तेरा ये अकेलापन में खत्म कर देता हूं..."

ये कहते हुए उसने मीरा की गोरी और पतली सी कमर में अपना पत्थर जैसा हाथ फैरा ही था की मीरा ने उसके मुँह पर एक जोऱदार तमाचा दे मारा।

मीरा की इस हरकत की वजह से, उस खतरनाक आदमी ने गुस्से में आकर मीरा का गला अपने एक हाथ में दबोच लिया और फिर दूसरे ही पल, मीरा की साड़ी के पल्लू को जोर से खींचकर उसके सीने से अलग कर दिया। मीरा के गोरे बदन को देखकर, वहां खड़े सभी हट्टे-कट्टे आदमियों के मुँह से लार टपकने लगी।

वहीं अपने हाथ में मीरा की साड़ी का पल्लू पकड़े हुए, उस आदमी ने घूर के मीरा की ओर देखते हुए कहा "मुझे थप्पड़ मारकर अच्छा नहीं किया तूने, अब इसकी सजा भुगतने को तैयार हो जा..."

ये कहते हुए वो मीरा के बदन में बची हुई साड़ी को, उससे अलग करने लगा। मीरा के लाख रोकने की कोशिश करने पर भी वो नहीं रुका और उसने मीरा की पूरी साड़ी उसके बदन से निकाल के दूर फेंक दी।

वहीं पास में बैठे मीरा के ससुर जी, अमन को अपने सीने से लगाये, अपनी नज़रे झुकाकर लगातार रोये जा रहे थे।

इससे पहले कि वो अजीब सा दिखने वाला आदमी मीरा के शरीर पर बचे हुए कपड़ों पर हाथ लगाता, मीरा अपने हाथ जोड़कर बिलखते हुए जमीन पर बैठ गई और रोते हुए ही बोली "क्या बिगाड़ा है हमने तुम्हारा? कौन हो तुम? और क्या चाहते हो हमसे?"

रोते हुए पूछा गया मीरा का ये सवाल सुनकर, वो अजीब सा आदमी गुस्से में गरजते हुए बोला "मैं कौन हूँ? मैं वहीं हूँ जिसको जिन्दा या मुर्दा पकड़ने के लिये तेरे देश वालों ने, तेरे पति को शहीद होने के लिए बॉर्डर पार भेजा था। मैं वहीं हूँ जिसके बेटे को तेरे पति ने अपनी बहादुरी दिखाने के लिए आर्मी को सौंप दिया। मैं वहीं हूँ जिसने तेरे पति को मौत की नींद सुलाया... और अब तेरी बारी है.."

ये कहते हुए उसने अपने भारी-भरकम हाथों में मीरा की गर्दन को दबोच लिया। मीरा बार-बार अपने परिवार को बख्श देने की गुहार लगा रही थी। लेकिन वो जल्लाद उसकी एक भी बात नहीं सुन रहा था।

तभी मीरा के रोने की आवाज सुनकर अमन नींद से जग गया और रोते हुए अपनी तोतली आवाज में बोला "मम्मा.. मम्मा मेले पास आ जाओ मम्मा। ये अंतल लोग तौन है मम्मा, ये तुमको परेछान क्यों तर रहे है, बताओना मम्मा.."

अमन की रोती हुई आवाज सुनते ही, उस आतंकवादी ने गुस्से में पीछे पलट कर अपनी जेब में पड़े धारदार चाकू से अमन के हाथ पर वार कर दिया। इस वार के साथ ही मीरा रोते हुए जोर से चीख पड़ी "नहीं..."

और अमन दर्द की वजह से अपना हाथ पकड़ के जोर-जोर से "मम्मा.. मम्मा" कहते हुए रोने लगा। अमन के दादा जी भी, अमन का हाथ अपने हाथ में पकड़े हुए लगातार रोए जा रहे थे।

अमन को ऐसे रोते देखकर, मीरा लगातार उस आतंकवादी की गिरफ्त से अपने गले को छुड़ाने की कोशिश कर रही थी। लेकिन वो इस गिरफ्त से निकल पाने में पूरी तरह से नाकाम थी।

देखते ही देखते अमन का हाथ खून से लथपथ हो गया, जिसे देखकर मीरा को अचानक से वहीं मंज़र याद आने लगा, जब उसने अपनी कोख में पल रहे बच्चे को खो दिया था।

उस मंजर की याद और अमन की रोती हुई वो तोतली आवाज, मीरा के दिल को दहला रही थी। जिसे सुनकर मीरा और भी ज्यादा रोते हुए बोली "मेरे बच्चे को छोड़ दो। प्लीज.. प्लीज छोड़ दो उसे। उसने कुछ नहीं किया है। वो बेगुनाह है..."

मीरा को अपने बेटे के लिए इस तरह से तड़पता हुआ देखकर, वो आतंकवादी समझ गया था की मीरा की जान उसके बच्चे में बसी हुई है। उसने मीरा की गर्दन को जैसे ही छोड़ा, वो रोते हुए अमन के पास जा पहुँची।

मीरा ने रोते हुए अमन को अपने सीने से लगा लिया और फिर एक हाथ से अमन के घायल हाथ को कस के पकड़ते हुए अपने ससुर जी से बोली "पापा प्लीज, प्लीज जल्दी से मुझे फर्स्ट एड बॉक्स दिजिए। देखिए ना अमन के हाथ से कितना खून बह रहा है।"

अमन के दादा जी "हां" में अपना सिर हिलाते हुए अपनी जगह से उठे ही थे कि तभी पास में खड़े एक आतंकवादी ने बंदूक के पीछे की तरफ से उनके घुटने में जोर से दे मारा। जिससे वो दर्द की वजह से कराह कर "आह" चिल्लाते हुए जमीन पर गिर पड़े।

दर्द से कराहते हुए अपने ससुर जी को देखकर मीरा ने अपने एक हाथ का सहारा देते हुए, बहुत मुश्किल से उनको उठाया और कुर्सी में बैठा दिया।

तभी मीरा की नज़र, सामने जमीन पर पड़ी अपनी साड़ी पर गई। जैसे तैसे उसे उठाकर मीरा ने साड़ी का एक टुकड़ा फाड़ा और उसे अमन के हाथ में कस के बांध दिया ताकि खून बहना बन्द हो सके।

मीरा को ये सब करते हुए वो पत्थर की आँख वाला आतंकवादी ध्यान से देख रहा था। तभी उसने एक झटके के साथ अमन को मीरा के पास से अपने पास पकड़ लिया और उसके सिर पर रिवाल्वर रख दी।

मीरा और अमन के दादा जी एक बार फिर से तड़प कर अमन के लिए रोने लगे। लेकिन अब तक अमन का काफी खून बह जाने की वजह से वो बेहोश सा हो चुका था।

अमन की हालत देखकर मीरा जोर-जोर से रोते हुए बोली "मेरे बच्चे को कुछ मत करो, प्लीज। तुम चाहो तो मुझे मार लो, लेकिन इसे कुछ मत करो। प्लीज मेरे बच्चे को छोड़ दो। प्लीज.. प्लीज इसे छोड़ दो। इतने छोटे बच्चे को मार के तुमको क्या मिलेगा? क्या मिलेगा तुमको इसे मार के?"

मीरा रोते हुए गिड़गिड़ा ही रही थी की तभी उस आदमी ने अमन को अपने एक साथी के हाथों में सौंपकर कुछ इशारा किया और वहां खड़े सभी आतंकवादी अमन को अपने साथ लेकर दूसरे कमरे की ओर चले गये।

***************

यहीं कुछ आधे घंटे बाद..

कमरे में इस वक्त उस आतंकवादी के अलावा मीरा और मीरा के ससुर जी ही बचे हुए थे। वो आतंकवादी एक कुर्सी पर बैठ गया। लेकिन मीरा की नज़र अब भी लगातार अमन को ही ढूंढ रही थी। तो उसने देखा की अमन को सामने के कमरे में बेड पर लेटाया गया है और एक आतंकवादी उसके हाथ में पट्टी बांधने के बाद, कुछ इंजेक्शन दे रहा है।

मीरा उस ओर दौड़कर जाने ही वाली थी की तभी वो पत्थर की आंख वाला आतंकवादी तेज आवाज में बोला "रुक.. कहीं नहीं जाएगी तू यहाँ से.."

उस आतंकवादी की आवाज सुनते ही मीरा के पैर वहीं जम गये। तो वो आतंकवादी बोला "तेरे बच्चे को कुछ नहीं होगा। उसे दवा दे दी गई है और अब मैं चाहता हूं कि जैसे तेरा पति आम इंसान होते हुए भी जासूस बनकर बॉर्डर पार आ गया। ठीक वैसे ही तू मेरे लिए काम करें। लेकिन अपने देश के खिलाफ..."

आतंकवादी की ये बात सुनते ही मीरा और उसके ससुर जी ने चौंक के एक दूसरे की ओर देखा और तभी वो आतंकवादी आगे बोला "तेरे पति की

ही बदौलत, मेरा बेटा आज सलाखों के पीछे है और मुझे वो जिंदा मेरे पास चाहिए। हमारे इस प्लान को अब तू अंजाम देगी.."

उस आदमी की बात खत्म हुई ही थी की अमन के दादा जी गुस्से से बोले "मेरी बहु, अपने देश को धोखा नहीं देगी। समझा तू.. वो नहीं देगी अपने देश को धोखा।"

**Flashback-3 end.**

***************

# 14

# सफ़र- बम ब्लास्ट से मानसरोवर का

अतीत कितना ही खूबसूरत क्यों ना हो, हमें एक ना एक दिन उसे पीछे छोड़कर, आगे बढ़ना ही पड़ता है।

यहीं जीवन का नियम है।

*****************

बेहोशी के मंजर में, अपने अतीत से मिलकर आई यन्त्रा को जब होश आया, तब तक सुबह हो चुकी थी। यन्त्रा जल्दी से उठी और अगले बम ब्लास्ट की तैयारी में लग गई।

वो किसी भी हालत में अपने बेटे को खोना नहीं चाहती थी इसलिए उसने सही गलत के बारे में बिना सोचे ही, खुद को पूरी तरह से इस काम में लगा दिया था, ताकि वो इस काम को खत्म करके जल्दी से अपने बेटे के पास जा सके।

बम ब्लास्ट के लिए, यन्त्रा को 4 दिन अलग-अलग जगहों पर ट्रेनिंग दी गई और पूरी तरह से बम ब्लास्ट का प्लान समझा दिया गया। ये 4 दिन बीतने के बाद, आज वो दिन आ चुका था जब इतने दिनों की तैयारी अपना भयंकर रूप दिखाने वाली थी।

आज ही वो दिन था, जब दिल्ली में 10 अलग-अलग जगह पर बम फटने वाले थे।

सारे बम, टाइम सेट करके अपनी-अपनी जगह पर फिट कर दिये गये थे और अब आतंकवादी गिरोह को इन्तजार था तो बस न्यूज चैनलों में आने वाली ब्रेकिंग न्यूज़ का।

वहीं यन्त्रा एक बार फिर से अपने चेहरे पर नकाब पहनकर, हाथ में एक बैग लिए, पंचकूला की ओर निकल चुकी थी।

लेकिन इस वक्त उसके दिल में एक भयंकर तूफान उमड़ रहा था। जिसका पता, इस वक्त उसके चेहरे के एक्सप्रेशन से बिल्कुल भी नहीं लगाया जा सकता था।

यन्त्रा लगातार मन ही मन बड़बड़ाते हुए खुद से ही बोले जा रही थी

"तुम्हारी मीरा ये सब जानबूझकर नहीं कर रही। मैं ये सब सिर्फ हमारे बच्चे के लिए कर रही हूँ विनय। भले ही हमने अमन गोद लिया था लेकिन वो मेरा बेटा है। मैं उसे खतरे में नहीं डाल सकती। मैंने पहले भी अपना बच्चा खोया है विनय, मैं अब अमन को किसी भी हालत में खोना नहीं चाहती..."

यहीं सब सोचती हुई यन्त्रा, कुछ ही घंटों में पंचकूला पहुंचने वाली थी। लेकिन उससे पहले ही, टैक्सी में चल रहे रेडियों में, देश की राजधानी दिल्ली के पहले बम के धमाके से दहल उठने की खबर आने लगी। लगातार न्यूज़ में जहां बम धमाके में हुई मौत और घायलों का आंकड़ा बताया जा रहा था।

वहीं दूसरी तरफ, यन्त्रा अन्दर ही अन्दर घुटते हुए खुद से मन ही मन बोले जा रही थी "नहीं विनय.. ये सब गलत है। मुझे तुम्हारे बलिदान को ऐसे बर्बाद नहीं करना। मैं ये कैसे कर सकती हूँ? नहीं... नहीं.. मुझे ये सब कुछ सही करना होगा। मुझे ये सब सही करना ही होगा।"

इस घुटन से बाहर निकलने के लिए, उसने अचानक ही वॉशरूम का बहाना बनाकर टैक्सी रूका दी और जल्दी से वॉशरूम की ओर चली गई। वॉशरूम में जाते ही यन्त्रा ने अपनी जींस की पॉकिट में पड़े हुए दो खाली सिम में से एक को अपने फोन पर लगाया और फिर बाकी बम की लोकेशन के साथ-साथ कुछ आतंकवादियों की फोटोज़ भी एक फेमस न्यूज़ चैनल को भेज दी।

पूरी इनफार्मेशन देने के बाद यन्त्रा ने सिम को तोड़कर वहीं वॉशरूम में फ्लैश कर दिया और खुद, फिर से अपनी टैक्सी में आकर बैठ गई। जो उसे उसके घर की ओर ले जा रही थी।

****************

कुछ ही घंटों में यन्त्रा उर्फ मीरा अपने घर पहुँच चुकी थी।

घर पहुँचते ही मीरा ने अमन को गले से लगा लिया। अमन भी अपनी माँ से आज 7-8 दिन बाद मिल रहा था इसलिए वो तुतलाते हुए बस एक ही बात

बोले जा रहा था "मम्मा तुम मेको अकेले छोड़कर नहीं जाओ ना। तुम क्यों बार-बार चली जाती हो मुझे ये दंदे अंकल और दादू के पास छोड़कर। पापा भी मेको छोड़कर चले गये और तुम भी चले जाती हो। तुम अब तहीं नाई जाना ठीक है मम्मा, नहीं जाना.."

अमन को गले से लगाए हुए यन्त्रा उसकी बातें सुनकर लगातार रोए जा रही थी और रोते हुए ही उसने भगवान से प्रार्थना करते हुए कहा "प्लीज भगवान, अब और नहीं होगा मुझसे ये। मैं नहीं ले सकती मासूम लोगों की जान। प्लीज.. जो जाल में दिल्ली में बिछा के आई हूँ उसे खत्म कर दो भगवान और मुझे सही रास्ता दिखाओ... मैं ये सब नहीं करना चाहती। मैं अपने अमन को एक अच्छी ज़िंदगी देना चाहती हूँ। मैं उसे इस आतंकवाद के साये में नहीं रखना चाहती...."

यन्त्रा मन ही मन ये सब सोच ही रही थी की तभी एक आतंकवादी गिरोह का आदमी यन्त्रा के सामने आया और उसने यन्त्रा को एक जोरदार थप्पड़ जड़ दिया। इस थप्पड़ से यन्त्रा और अमन दोनों ही पूरी तरह से कांप गये।

यन्त्रा ने बिना कोई सवाल किये अपनी आंखों से बहते हुए आँसुओं के साथ अमन को खुद से दूर करके कहा "अमन बेटा, आप दादू के पास जाओ, प्लीज.."

रोनी सी शक्ल बनाकर अमन सिसकते हुए "ओते मम्मा" बोलकर वहां से चला गया।

अमन के जाते ही यन्त्रा को बालों से पकड़ते हुए वो आतंकवादी बोला "टीवी चैनल वालों को बम की खबर किसने दी?"

आतंकवादी के इस सवाल पर, यन्त्रा ने दर्द से कराहते हुए जवाब दिया "मैं नहीं जानती। मैंने ऐसा कुछ नहीं किया है। मैं तो सुबह जल्दी निकल गई थी दिल्ली से। तुम्हें क्या लगता है, मुझे अगर बम रखने की जगह टीवी वालों को बतानी ही होती, तो मैं क्यों इतना इंतजार करती? मुझे उनको बताना होता तो मैं पहले ही बता देती ना, अपने बच्चे से दूर रहकर इतनी मेहनत तो ना करती। तुम लोग अब तो मुझ पर शक करना छोड़ दो। यकीन करो मुझ पर.. मैं अपने बेटे की जान बचाने के लिए ये सब कर रही हूँ। मैं ऐसी कोई भी गलती नहीं करूंगी जिसकी सज़ा मेरे बेटे को मिले। समझे..."

यन्त्रा की पूरी बात सुनकर उस आदमी ने यन्त्रा को फिर से एक तमाचा लगाया और बोला "तूने नहीं किया ये? तो किसने किया? न्यूज़ में हमारे कुछ लोगों की फोटो आ रही है जिस पर सरकार को शक है और उसमें नकाब लगाए हुए एक धूंधली सी फोटो तेरी भी है। किसने ली वो फोटो? और क्यों? जवाब दे मुझे..."

यन्त्रा इस दूसरे तमाचे के बाद जमीन पर जा गिरी थी और वहीं पर बैठे हुए सिसक कर तेज़ आवाज में चिल्लाते हुए बोली "तुम पागल-वागल हो क्या? मैं खुद अपनी फोटो क्यों न्यूज़ में दूंगी? मुझे मरने का कोई शौक नहीं है, मैं मेरे बेटे के लिए जिन्दा रहना चाहती हूँ। मैं क्यों करूंगी ऐसा?"

यन्त्रा ये सब बोल ही रही थी की तभी पत्थर की आंख वाला आतंकवादी उस कमरे में आते हुए बोला "वो सही कह रही है। उसने नहीं किया है ये सब, जाओ और पता लगाओं ये फोटो न्यूज वालों तक पहुंची कैसे?"

उसको आते देख. इस दूसरे आतंकवादी ने यन्त्रा के बाल छोड़ दिए और अपने बॉस की बात ध्यान से सुनकर हां में सिर हिलाते हुए कमरे से बाहर चले गया।

तभी यन्त्रा की ओर देखते हुए वो पत्थर की आंख वाला आतंकवादी बोला "और मेरी जानेमन तू.. तूने पूरे मिशन को अच्छे से पूरा किया है। सरकार के सामने हम अपनी मांगे रख चुके है। इन सब में तेरा कहीं कोई नाम नहीं है, लेकिन वो फोटो.. वो फोटो पुलिस को तुझ तक पहुँचा सकती है इसलिए कुछ वक्त के लिए तुझे कहीं छुपकर रहना होगा। यहीं सबके लिए ठीक रहेगा।"

ये सुनते ही यन्त्रा कुछ सोचते हुए बोली "हां.. हां... ये ठीक है। मैं.. मैं अब घर से बाहर नहीं निकलूंगी। घर में ही छिपकर रह लूंगी.."

"यहां नहीं.. तुझे किसी ऐसी जगह पर जाना होगा जहां पुलिस के आने की उम्मीद भी ना हो और फिर लगभग 10-15 दिन तू अब इस घर में नहीं आएगी।"

आतंकवादी की बोली गई ये बात सुनते ही यन्त्रा तपाक से बोली "हां ठीक है, मैं जाने को तैयार हूँ। मैं, मेरे बच्चे और अपने पापा के साथ अण्डरग्राउण्ड हो जाऊंगी।"

यन्त्रा का दिया हुआ ये जवाब सुनकर, वो आदमी गुस्से में यन्त्रा के करीब आकर बोला "सिर्फ तू जाएगी यहां से, वो भी अकेले। तेरा बेटा हमारे कब्जे में ही रहेगा.."

आतंकवादी की बात सुनते ही यन्त्रा ऑलमोस्ट रोते हुए तेज़ आवाज में बोली "लेकिन क्यों? ऐसा क्यों कर रहे हो तुम मेरे साथ? क्यों मेरे बेटो को मुझे वापस नहीं कर देते? अब तो तुम्हारा काम भी पूरा हो चुका है..."

यन्त्रा को रोता हुआ देखकर उस आतंकवादी ने यन्त्रा का मुँह कसकर अपने मजबूत हाथ में पकड़ा और फिर शातिर स्माईल के साथ बोला "तेरा बेटा तो, सोने का अंडा देने वाली मुर्गी है हमारे लिए, इसे कैसे जाने दूं..."

ये कहते ही उस आतंकवादी ने तेज़ झटके के साथ यन्त्रा का मुँह दूर झटक दिया। यन्त्रा अभी भी लगातार रोए जा रही थी और वो आतंकवादी उस कमरे से बाहर की ओर जा ही रहा था की तभी अचानक से दरवाजे के पास में रूक कर बोला "जितनी जल्दी हो सके यहां से निकल जा। वरना तुझे तो पता ही है, मैं क्या-क्या कर सकता हूँ।"

ये बोलकर वो आतंकवादी तो कमरे से बाहर चला गया। लेकिन उसकी बातें कमरे के अंदर बैठी यन्त्रा के दिल और दिमाग में सवालों की बौछार कर गई। वो जमीन में बैठकर रोते हुए बस यहीं सोचे जा रही थी की अब वो इस जंजाल से कैसे बाहर निकले।

वहीं दूसरी ओर, यन्त्रा के दिमाग में ये सवाल भी लगातार चल रहा था की कुछ वक्त के लिए पुलिस से छुपने के लिए वो जाये तो जाये कहा..

परेशान यन्त्रा ने ये सोचते हुए अपनी आंखें बंद कर ली और कुछ ही मिनटों में उसे मानसरोवर का वो बहता हुआ पानी और उस पानी में पैर डुबोकर बैठे हुए वक्त का सुकून से भरा हुआ पल याद आने लगा।

मानसरोवर की याद आते ही यन्त्रा ने झट से अपनी आंखे खोल दी और फिर अपने दिमाग में बहुत सी कैलकुलेशन करते हुए वो उस कमरे की खिड़की के पास जाकर खड़ी हो गई।

फिर कुछ ही देर में,

शान्ति से खड़ी यन्त्रा के चेहरे पर एक अलग सा नूर आ चुका था। वो खिड़की के बाहर खुले आसमान को देखते हुए खुद से बोली "हो ना हो, अब

वो ही है जो मुझे इन सब से बाहर निकल सकता है। मैं आ रही हूँ मानसरोवर, मैं आ रही हूँ..."

बहुत सोच समझकर यन्त्रा के किये गये इस फैसले ने, कुछ ही वक्त में एक बार फिर से उसे मानसरोवर की वादियों के बीच पहुँचा दिया।

**************

# 15

## इज़हार-ए-मोहब्बत

कभी-कभी ज़िंदगी हमें एक ऐसे मुकाम में ला खड़ा करती है, जहां से आगे का रास्ता हमें बिल्कुल साफ दिखाई देने लगता है।

लेकिन उस रास्ते में हमें आगे जाना है या नहीं, ये चुनाव हमें ही करना होगा...

***************

मानसरोवर,

इन खूबसूरत वादियों में, यन्त्रा उसी होटल में जा पहुँची थी जहां लास्ट टाइम उसे रघु लेकर गया था। उसी कमरा नंबर-108 की बालकनी में कॉफी पीते हुए यन्त्रा बस यहीं सोचे जा रही थी की वो रघु से कैसे मिले और कैसे अपनी इन मुश्किलों के बारे में बात करें।

कि तभी अचानक से यन्त्रा को कुछ याद आया और वो हड़बड़ाते हुए अपने बैग के पास जाकर कुछ ढूंढते हुए बोली "रघु का नंबर? अरे हां... मेरे पास रघु का नंबर है। हां... ये सही रहेगा, मैं उसे फोन करके मिलने बुला लेती हूं और उसे मिलकर सब कुछ बता दूंगी.. ये सबसे बेस्ट रहेगा।"

रघु का दिया हुआ नंबर ढूंढने की कोशिश करते हुए, यन्त्रा अपने बैग में रखे सामान को यहां वहां बिखेरने लगी। काफी देर तक ढूंढने के बाद भी जब उसके हाथ कुछ नहीं लगा तो वो घबराते हुए बेड पर बैठ गई और खुद से ही बोली "पता नहीं मैंने वो नंबर कहां रख दिया? अब मैं क्या करूं? कहां ढूंढू उसे?"

यन्त्रा अपनी गहरी सोच में डूबी हुई थी की तभी किसी ने दरवाजे पर नॉक किया। इस आवाज को सुनते ही अचानक से यन्त्रा डर गई और दरवाजे की तरफ देखते हुए घबराकर बोली "यहां कौन आ गया? कहीं किसी को पता तो

नहीं चल गया की मैं यहां छिपी हुई हूं। नहीं-नहीं मेरे यहां छिपे होने के बारे में किसी को पता नहीं चल सकता।"

यहीं सोचते हुए यन्त्रा ने एक बार फिर से दरवाजे पर नॉक की आवाज सुनी और वो एक लम्बी सांस लेकर जोर से बोली "हां... आ रही हूँ..."

यन्त्रा ने घबराते हुए ही दरवाजा खोला तो उसके सामने खड़े लड़के ने चौंकते हुए पूछा "अरे आप..? यहां?"

ये सवाल सुनते ही यन्त्रा बुरी तरह से घबरा गई और हड़बड़ाते हुए बोली "मतलब क्या है आपका? और आप हो कौन मुझसे ये पूछने वाले?"

यन्त्रा को यूं घबराते देख सामने खड़े शख़्स ने बात को नॉर्मल करने की कोशिश करते हुए कहा "अरे मैडम, आप मुझे गलत समझ रही है? मैं वीर हूं.. रघु का छोटा भाई... और मैं तो आपसे बस ये पूछ रहा था की आप यहां फिर से कब आई?"

इस अनजान शख़्स के मुँह से यूं अचानक से रघु का नाम सुनकर यन्त्रा ने गौर से वीर की तरफ देखा और फिर हल्की सी स्माइल करते हुए बोली "अरे हां... मैंने तो ध्यान ही नहीं दिया की तुम्हारा फेस कट बिल्कुल रघु की ही तरह है।"

वीर को अचानक से अपने सामने देखकर जहां यन्त्रा के दिल में खुशी थी। वहीं अब उसे यकीन हो चला था की हो ना हो ऊपर वाला भी यहीं चाहता है की वो जल्द से जल्द रघु को अपने दिल की हर बात बता दें।

ये सोचते हुए यन्त्रा का चेहरा, उसकी सुकून भरी स्माइल की वजह से चमक उठा था। इस स्माइल का रीज़न ना समझ पाने की वजह से वीर ने अपने हाथ में पकड़ा हुआ शुगर का बॉक्स यन्त्रा की तरफ बढ़ाते हुए कहा "वो एक्चुअली मैं आपको चीनी देने आया था... आपने कॉफी ऑर्डर की थी ना, उसमें अगर शुगर कम पड़े तो.."

वीर के हाथ की तरफ देखते हुए यन्त्रा ने उसकी बात को इग्नोर कर दिया और मुस्कुराते हुए बोली "वीर क्या तुम मुझे रघु से मिला सकते हो? वो एक्चयूली मुझे उससे कुछ काम था और मैं मानसरोवर भी उसी से मिलने आई थी। लेकिन मुझसे उसका नंबर मिस प्लेस हो गया है। तो प्लीज हेल्प मी.."

यन्त्रा को रघु से मिलने के लिए यूं बेसब्र सा होता देख वीर मन ही मन हंस पड़ा और फिर तुरन्त सीरियस होकर बोला "अरे आप कैसी बात कर रही है मैडम। चलिए मैं आपको घर लेकर चलता हूँ.. मेरे वर्किंग आवर्स भी खत्म हो चुके है और भाई भी इस वक्त घर में ही है, तो आप उनसे वहीं मिल लीजिएगा।"

वीर ने ये कहा तो यन्त्रा तुरंत ही उसकी बात मान गई और जल्दी से अपना फोन उठाने के लिए कमरे के अन्दर जाते हुए बोली "थैंक यू सो मच वीर... बस एक मिनट हां मैं अपना फोन लेकर आती हूँ.."

कुछ ही देर में फोन हाथ में पकड़े हुए, यन्त्रा वीर के साथ निकल पड़ी रघु के घर की तरफ।

\*\*\*\*\*\*\*\*\*\*\*

रघु का घर,

"भाई.. ओ भाई, देखो तो मेरे साथ कौन आया है?"

वीर ज़ोर-ज़ोर से आवाज लगाते हुए घर में आया और उसके पीछे-पीछे यन्त्रा भी घर के अंदर आ गई। इस वक्त यन्त्रा की आंखों से पता चल रहा था की वो रघु से मिलने के लिए कितनी बेसब्र है।

इसी बेचैनी में यन्त्रा ने ध्यान भी नहीं दिया की वो कब वीर के पीछे चलते हुए रघु के कमरे में जा पहुंची थी।

वहीं इस वक्त रघु अपने ही ख्यालों में खोए हुए, खिड़की के बाहर की तरफ देख रहा था। उसके चेहरे और आंखों से साफ पता चल रहा था, कोई बात है जिसकी वजह से वो काफी परेशान है।

तभी वो वीर से थोड़ी धीमी आवाज में बात करने के लिए कहते हुए बोला "वीर थोड़ा तो धीरे बोल लिया कर यार। क्यों फालतू में पूरा घर सिर पर उठाए रहता है तू? चल अब बता.. कौन सा तूफान आया है?"

रघु ने इरिटेट होते हुए पूछा, तो वीर बड़े ही फिल्मी स्टाईल में बोला "अरे भाई एक बार पीछे मुड़कर देखो तो सही। आपकी सारी टेंशन का इलाज लेकर आया हूं आज मैं...."

वीर के ये कहते ही, रघु ने बड़े ही बेमन से पीछे मुड़कर देखा तो उसके पैरों तले जमीन ही खिसक गई क्योंकि उसके कमरे में वीर के ठीक पीछे यन्त्रा हल्के नीले रंग का सिंपल सोबर सा सूट पहने हुए खड़ी थी और साथ ही उसके चेहरे पर एक हल्की सी स्माइल भी थी।

यन्त्रा को यूं अचानक से अपने सामने देखकर रघु खुद पर कंट्रोल नहीं कर पाया और तेज़ी से यन्त्रा के पास आकर उसे कसकर अपनी बांहों में भरते हुए बोला "तुम ठीक तो हो ना यन्त्रा? पता है मैंने दिल्ली में तुमको कितना ढूंढा? वहां एक के बाद एक बम ब्लास्ट हो रहे थे और मैं पागलों की तरह हर जगह तुमको ढूंढ रहा था। मुझे तो लगा था कि मैंने तुम्हें पाने से पहले ही खो दिया..."

रघु लगातार ये सब बोले जा रहा था और वहीं वीर और यन्त्रा उसके इस रिएक्शन से पूरी तरह शॉक्ड हो गये थे।

थोड़ी देर तक यन्त्रा से कोई भी जवाब न मिलने पर रघु ने एक नज़र उसके चेहरे की तरफ देखा और फिर एकटक उसकी तरफ देखते हुए बोला "आई लव यू यन्त्रा.. पता नहीं कैसे.. लेकिन मैं जब से तुमसे मिला हूं तुम्हारे अलावा मुझे और कुछ भी नज़र नहीं आ रहा। पूरे टाइम मैं सिर्फ तुम्हारे ही बारे में सोचता रहता हूं और दिल्ली में हुए उस बम ब्लास्ट के बाद मुझे ये समझ आया की मेरे दिल में तुम्हारे लिए क्या है।"

अपने दिल के सारे इमोशन यन्त्रा के सामने कन्फेश करने के बाद, रघु अचानक से यन्त्रा के लिप्स की तरफ बढ़ गया और उसे किस करने लगा। रघु की अचानक से की गई इस किस से यन्त्रा शॉक्ड रह गई।

थोड़ी देर तक पूरी तरह से ब्लैंक हो जाने के बाद, यन्त्रा हरकत में आई और यन्त्रा ने रघु को खुद से दूर करने के लिए अपने हाथ रघु के सीने पर रख दिए। लेकिन इससे पहले की यन्त्रा, रघु को खुद से दूर करने के लिए धक्का देती, रघु ने यन्त्रा की कमर को अपनी बांहों में थाम कर उसे अपने और ज्यादा करीब खींचना शुरू कर दिया।

की तभी अचानक से रघु और यन्त्रा के कानों में किसी के चिल्लाने की आवाज सुनाई दी "ये सब क्या हो रहा है यहां?"

इस आवाज की गूंज से रघु ने इस किस को यहीं पर थाम दिया और उस आवाज की ओर देखने लगा।

सामने खड़ी अपनी मां को देखकर, रघु ने तुरंत ही हड़बड़ाकर यन्त्रा को अपनी बांहों से रिहा कर दिया और नज़रें नीचे झुका ली।

***********

कुछ 10-15 मिनट बाद,

रघु के घर के ड्राइंग रूम में, जानकी जी रघु पर गुस्सा करते हुए बोली "ये सब क्या बेशर्मी है रघु? तेरा छोटा भाई वहीं कमरे में खड़ा था, मैं वहां कमरे में आ चुकी थी और तू है की बेशर्मों की तरह इस लड़की को...."

जानकी जी बोलते-बोलते चुप हो गई और फिर पूरे कमरे में थोड़ी देर के लिए सन्नाटा छा गया। रघु की नज़रें शर्म से जमीन पर ही गड़ी हुई थी और वहीं यन्त्रा भी नीचे की तरफ देखते हुए मन ही मन बोली "हे भगवान.. ये कहां फंस गई मैं? ऑलरेडी मेरी ज़िंदगी में इतनी सारी मुश्किलें थी और अब ये सब...."

कुछ देर तक, कमरे में कोई भी कुछ नहीं बोला। तो जानकी जी ने एक लम्बी सांस लेते हुए खुद को शांत किया और सामने खड़ी यन्त्रा की तरफ देखते हुए प्यार से बोली "बेटा, इधर आओ। यहां मेरे पास आकर बैठो.."

जानकी जी के बुलाने पर यन्त्रा ने एक नज़र रघु की तरफ देखा और फिर जानकी जी के पास जाकर बैठ गई। इस वक्त यन्त्रा के दिल की धड़कने काफी ज्यादा बढ़ी हुई थी। जिसकी आवाज जानकी जी भी क्लीयरली सुन पा रही थी।

यन्त्रा की घबराहट शांत करने के लिए जानकी जी ने उसके हाथ अपने हाथ में ले लिए और फिर बहुत प्यार से बोली "डरो नहीं बेटा... मैं तुमको कुछ भी नहीं कह रही। मैं तो अपने इस नालायक बेटे को डांट रही थी। लेकिन.. मुझे लगता है अब मुझे तुम्हारे पेरेंट्स से मिल लेना चाहिए।"

"पेरेंट्स से? लेकिन क्यों?"

यन्त्रा ने थोड़ा सा कंफ्यूज होते हुए धीमी आवाज में पूछा तो जानकी जी ने तुरन्त जवाब दिया "क्योंकि मैं चाहती हूँ की अब तुम दोनों की जल्द से जल्द शादी करा दी जाये?"

शादी का ज़िक्र सुनते ही यन्त्रा झट से उठ खड़ी हुई और फिर हड़बड़ाते हुए बोली "शादी?"

यन्त्रा का ये रिएक्शन देखकर सभी चौंक के उसकी तरफ देखने लगे। तो यन्त्रा बात संभालने की कोशिश करते हुए बोली "मेरा मतलब है की... आंटी वो एक्चुअली मैं आपको अपने पेरेंट्स से नहीं मिला सकती..."

यन्त्रा ने घबराते हुए रघु की तरफ देखा तो रघु अपनी मां को यन्त्रा की फैमिली के बारे में बताते हुए बोला "मां यन्त्रा के पेरेंट्स इस दुनिया में नहीं है..."

रघु की बात सुनते ही जानकी जी ने यन्त्रा के सिर पर हाथ फेरते हुए पूछा "तो बेटा... कोई तो होगा तुम्हारा अपना?"

ये सवाल सुनते ही यन्त्रा की आंखों के सामने अपने बेटे अमन और शहीद हो चुके पति का चेहरा घूमने लगा। जिसकी वजह से खुद-ब-खुद उसकी आंखों से आंसू बहने लगे।

ये देखकर रघु जल्दी से उसके पास आया और यन्त्रा के आँसू पोछते हुए अपनी मां से बोला "मां यन्त्रा दिल्ली के एक अनाथ आश्रम में पली बढ़ी है। उसका इस दुनिया में और कोई नहीं है..."

ये सुनते ही जानकी जी ने यन्त्रा को गले से लगा लिया और उसकी पीठ थपथपाते हुए बोली "बेटा... आज से मैं तुम्हारी माँ हूँ और अब से तुम कभी खुद को अकेले मत समझना, ठीक है? और हां मैं जल्द से जल्द पंडित जी से शादी की डेट निकलवा लूंगी। ताकि तुम जल्दी से जल्दी इस घर में हम सब के पास आकर रह सको।"

ये सुनते ही रघु ने मुस्कुराते हुए अपनी मां और यन्त्रा को एक साथ गले से लगा लिया।

**************

# 16

# किडनैपिंग वाली इंगेजमेंट

मुश्किल वक्त दल-दल के जैसा होता है।

आप जितनी कोशिश उससे बाहर निकलने के लिए करते है, ये आपको उतनी ही तेजी से अपने आगोश में लेते चले जाता है।

***************

होटल,

रूम नंबर-108,

यन्त्रा कमरे में यहां से वहां चलते हुए लगातार कुछ देर पहले हुए इन्सीडेंट के बारे में सोचे जा रही थी।

कुछ देर तक सोचते रहने के बाद यन्त्रा खुद से ही बात करते हुए बोली "ओफो... ये सब क्या कर दिया है मैंने? मुझे रघु से मिलने उसके घर जाना ही नहीं चाहिए था। अब कैसे संभालूं में इस पूरी सिच्वेशन को? रघु और उसके घर वालों को कैसे बताऊं कि मैं एक विधवा होने के साथ-साथ एक बच्चे की मां भी हूँ?"

खुद में ही बड़बड़ाते हुए यन्त्रा कमरे की बालकनी में चली गई और चहलकदमी करते हुए काफी देर तक सोचते रहने के बाद, वो फाइनली खुद से बोली "लगता है अब मुझे इस सबको ड्रामा समझ के इसका हिस्सा बनना ही होगा और इन्हीं सब के बीच में, मैं रघु से बात भी कर लूंगी। मुझे पूरा यक़ीन है कि रघु इस दलदल से निकलने में मेरी मदद जरूर करेगा।"

खुद को मोटिवेट करते हुए यन्त्रा अब अपने आगे के प्लान का खाका तैयार करने में लग गई।

***************

दूसरी तरफ,

रघु के घर में सभी लोग उसे घेर कर बैठे हुए थे और उसे छेड़ते हुए यन्त्रा और उसके बारे में सवाल करने में लगे थे।

"अरे भाई सच-सच बताओ.. क्या भाभी सच में आपकी गाड़ी में छुपकर बैठी और फिर वहीं सो गई? मुझे तो लग रहा है आप भाभी की टांग खिंचाई करने के लिए हमें ऐसी कहानी बनाकर सुना रहे हो।"

रघु की बहन, रागिनी ने कन्फर्म करने के लिए दोबारा से पूछा, तो रघु खिलखिला कर हंसते हुए बोला "अरे.. तुम लोग तो मेरी किसी भी बात का भरोसा ही नहीं कर रहे। छोड़ों अब मैं तुम लोगों को कुछ बताऊंगा ही नहीं..."

रघु अपनी बहन के सिर पर धीरे से एक चपत लगाते हुए ये बोला ही था, की तभी जानकी जी फोन पर पंडित जी से शादी का डिस्कशन खत्म करके रघु के बगल में जाकर बैठ गई और फिर तुरंत ही रघु को टोकते हुए बोली "अब ये सब मजाक बंद करो रघु। तुमको पता है पंडित जी क्या कह रहे है?"

अपनी मां के इस सवाल पर रघु ने ना में अपना सिर हिलाया और सवालियां नजरों से अपनी मां को देखने लगा। तो जानकी जी तुरन्त रघु के मन में चल रहे सारे सवालों के जवाब देते हुए बोली "पंडित जी ने कहा है की तुम्हारी कुंडली के एकॉर्डिंग 10 महीने से पहले तुम्हारी शादी की कोई डेट ही नहीं निकल सकती। क्योंकि तेरी कुंडली में कोई दोष चल रहा है जिसकी वजह से अभी शादी करना खतरे से खाली नहीं है।"

"मां तुमको पता तो है.... मैं ये सब नहीं मानता।"

रघु ने तपाक से जवाब दिया तो जानकी जी उसे समझाते हुए बोली "बेटा शादी कोई खेल नहीं है और मैं इसमें कोई रिस्क नहीं लेना चाहती। समझे तुम? इसमें मैं तुम्हारी बिल्कुल चलने नहीं दूंगी।"

अपनी मां की बात सुनकर रघु का चेहरा मुरझा सा गया, तो ये देखकर जानकी जी के चेहरे पर मुस्कुराहट आ गई और वो अपनी हंसी को कंट्रोल करते हुए बोली "बेटा.. वैसे ये बात इतनी भी टेंशन की नहीं थी, 10 ही महीने की तो बात है।"

जानकी जी ने ये कहते ही, धीमी सी स्माइल के साथ रागिनी और वीर को देखा और फिर वो तीनों रघु को देखकर खिलखिला कर हंसने लगे।

अपनी मां, भाई और बहन को ऐसे उसका मजाक बनाता देख रघु गुस्से में उनको घूरने लगा। तो जानकी जी अपनी हंसी कंट्रोल करते हुए बोली "मुझे पता था तू ये सुनकर परेशान हो जायेगा इसलिए मैंने पंडित जी से इसी हफ्ते की सगाई की डेट निकलवा ली है। ताकि तेरे मन को थोड़ी सी शांति तो मिले..."

जानकी जी की ये बात सुनते ही रघु, रागिनी और वीर का चेहरा खुशी से खिल उठा।

फिर रघु तुरंत ही खुशी से चहकते हुए अपनी मां को गले से लगाकर बोला "थैंक यू सो मच मां... तुस्सी ग्रेट हो यार.."

रघु को इतना खुश होते देख जानकी जी की आंखें भर आई और उन्होंने रघु को कस के गले लगाते हुए कहा "बेटा.. अब बस कुछ दिन और... फिर तेरी ज़िंदगी खुशियों से भर जायेगी..."

जानकी जी की इन्हीं बातों के बीच, रागिनी ने अपनी मां को गले से लगा लिया और खुश होते हुए बोली "सही कहा मां आपने.. अब बस पहले सगाई, फिर इंटरव्यू और रिजल्ट और फिर शादी। बस फिर जॉइनिंग आते ही सेट हो जाएंगी आपकी लाइफ। है ना भाई?"

"हां.. बिल्कुल ऐसा ही होगा छोटी।" रघु ने धीमी सी आवाज़ में कहा।

लेकिन तभी थोड़ी दूर खड़ा वीर गुस्से वाला मुँह बनाते हुए इन तीनों को देखकर बोला "ये तो गलत बात है मां.. सब लोग एक दूसरे को गले लगा रहे हो और मुझे बुला ही नहीं रहे... आफ्टर ऑल भाभी को घर तो मैं ही लेकर आया था ना, थोड़ी सी तो अटेंशन मैं भी डिजर्व करता ही हूं? दैट्स नॉट फेयर भाई..."

वीर की नाराज़गी वाली आवाज सुनकर रघु, रागिनी और जानकी जी खिलखिलाकर हंस पड़े। फिर हंसते हुए ही रघु बहुत ही प्यार से बोला "ओय नौटंकी.. अब ये रोना धोना बंद कर और यहां आ जा जल्दी से..."

वीर के आते ही रघु ने उसे भी गले से लगा लिया।

**************

रात के वक्त,

होटल रूम में,

यन्त्रा अब अपने बैकअप प्लान के साथ पूरी तरह से तैयार थी। उसने अपने फोन पर एक बड़ा सा मैसेज टाइप किया और उसे ड्राफ्ट में सेव करते हुए खुद से बोली "मुझे रघु से मिलकर जल्द से जल्द सब कुछ बताना होगा और अगर मैं ये नहीं कर पाई और किसी भी तरह से इस मानसरोवर में फंस गई। तो ये प्लान बी मेरे काम आयेगा।"

यन्त्रा ने अपने फोन को कसकर हथेली के बीच दबोचा और फिर से खुद में ही बड़बड़ाते हुए बोली "विनय मैं अपनी तरफ से पूरी कोशिश करूंगी की इन आतंकवादियों से अपने देश को बचा सकूं। लेकिन इस सब में, मैं अपने बेटे को बलि का बकरा नहीं बनने दे सकती.."

ये कहते हुए यन्त्रा कुछ सोचने लगी और सोचते-सोचते ही बालकनी की तरफ चली गई। बाहर जाकर वो जमीन में बैठते हुए आसमान में देख रहे चांद सितारों को एकटक देखते हुए वहीं पर बैठे-बैठे सो गई।

**************

अगली सुबह,

"यन्त्रा.. यन्त्रा.. दरवाजा खोलो। काफी देर हो गई है, अब उठ भी जाओ यार।"

सुबह के 6 बजे, होटल रूम के दरवाजे पर नॉक करते हुए, रघु लगातार यन्त्रा को आवाज लगाये जा रहा था। कुछ 10 मिनट के बाद यन्त्रा ने आंखें मसलते हुए दरवाजा खोला और रघु को यूं सुबह-सुबह कमरे के बाहर देखकर हैरान होते हुए बोली "रघु? तुम यहां क्या कर रहे हो? वो भी इतनी सुबह.."

यन्त्रा के इस सवाल का रघु ने कोई जवाब नहीं दिया और यन्त्रा को साईड करते हुए कमरे के अंदर आकर बोला "यन्त्रा ये सब मेरे घर पर नहीं चलेगा.. ओके?"

यन्त्रा ने कन्फ्यूज होते हुए पूछा "क्या नहीं चलेगा?"

"अरे यहीं इतना लेट तक सोना। ये सब कुछ नहीं चलेगा शादी के बाद। तो अब तुम आज से ही सुबह जल्दी उठने की आदत बना लो। वैसे भी सगाई

को बस चार-पाँच ही दिन बचे है। उसके बाद तुम मां, रागिनी और वीर के साथ घर पर ही रहोगी। तो अब तुम्हें जल्दी उठने की आदत अभी से डालनी होगी। ताकि तब तक तुम परफेक्ट हो जाओ..."

रघु अपने ही सुर में बोले जा रहा था की तभी यन्त्रा ने चौंकते हुए कहा "ये सब क्या बोले जा रहे हो तुम रघु?"

यन्त्रा के इस सवाल का जवाब देते हुए रघु ने बड़े ही प्यार से उसके कंधों पर अपने हाथ रखते हुए कहा "अरे.. आठ दिन बाद की सगाई की डेट निकली है हमारी। मुझे फिर अपने काम से बाहर ही रहना है, तो मैं मानसरोवर में नहीं हूंगा। तब तुम उस टाइम मां के साथ घर में रह लेना आराम से। क्यों सही आईडिया है ना?"

रघु मुस्कुराते हुए बेड पर जाकर बैठ गया और यन्त्रा के रिएक्शन का इंतजार करने लगा। लेकिन यन्त्रा अब भी काफी कन्फ्यूज नज़र आ रही थी। इसलिए रघु, यन्त्रा के करीब आया और यन्त्रा को प्यार से थाम कर, धीमी सी आवाज में बोला "आई नो यन्त्रा, ये सब कुछ ज्यादा ही जल्दी में हो रहा है। लेकिन अब मैं तुमको इस तरह अकेला नहीं छोड़ सकता यार। आई रियली रियली लव यू.. इसलिए मैं चाहता हूँ की तुम आराम से हंसी खुशी मेरी फैमिली के साथ रहो..."

रघु के मुँह से फैमिली वर्ड सुनते ही यन्त्रा तपाक से बोली "रघु... इस सबसे पहले मुझे तुमसे कुछ...."

इससे पहले की यन्त्रा अपनी बात पूरी कर पाती, रघु की बहन रागिनी कमरे के अन्दर आते हुए बोली "अरे... रुक भी जाओ लव बर्ड्स। यू नो व्हाट मम्मी ने मुझे आप दोनों के बीच कबाब में हड्डी बनकर रहने के लिए भेजा है और मैं अपनी मम्मी का दिया काम पूरी शिद्दत से करूंगी.."

रागिनी के कमरे में आते ही यन्त्रा और रघु बुरी तरह से घबरा गये। लेकिन दोनों की घबराहट की वजह अलग-अलग थी। जहां रागिनी को देखते ही रघु ने यन्त्रा के कंधे से अपने हाथ दूर कर लिए था, वहीं यन्त्रा कुछ कहते-कहते रुक गई थी।

देखते ही देखते, सगाई की तैयारियों में यूं ही दिन बीत गए। लेकिन अब तक यन्त्रा को रघु से अकेले बात करने का मौका ही नहीं मिल पाया था। तो यन्त्रा ने प्लेन बी के लिए ड्राफ्ट में सेव किया हुआ अपना मैसेज फाइनली, किसी को सेंड कर दिया।

***************

सगाई का दिन,

रघु के घर पर सुबह से ही शुभ गीत गाये जा रहे थे। हर तरफ हंसी और गानों की आवाज गुंज रही थी।

तभी इन बाजे गानों के हल्ले के बीच, गुलाबी रंग के लहंगे में दुल्हन सी सजी यन्त्रा ने रागिनी के साथ एंट्री की और रागिनी ने यन्त्रा को ले जाकर सभी महिलाओं के बीच बैठा दिया।

गुमसुम सी बैठी हुई यन्त्रा लगातार अपने प्लान बी के बारे में सोचते हुए खुद से ही सवाल करते हुए बोले जा रही थी "उसने मेरे मैसेज का कोई जवाब क्यों नहीं दिया? कहीं ऐसा ना हो की मुझे ये सगाई करनी पड़ जाये। कहीं मैं रघु से मदद मांगने के चक्कर में एक नई मुसीबत में ना फंस जाऊं...."

सगाई का ख्याल जेहन में आते ही यन्त्रा मन ही मन एक बार फिर से हड़बड़ाये हुए खुद से बोली "नहीं.. नहीं... ऐसा नहीं हो सकता। मुझे कुछ तो करना ही होगा। अगर आज उसने मेरे कहने पर भी मुझे यहां से किडनेप नहीं करवाया, तो मैं इस सब मैं बुरी तरह फंस जाऊंगी। ऊपर वाले प्लीज बचा ले मुझे इस जंजाल से.. प्लीज... प्लीज..."

यन्त्रा यही सब सोचते हुए अचानक से अपनी जगह से उठी ही थी की तभी यन्त्रा को दुल्हन की ड्रेस में पहली बार देखकर, जानकी जी तुरंत उसके पास आकर उसकी बलाएं लेते हुए बोली "यन्त्रा बेटा, कितनी प्यारी लग रही है तू। कहीं तुझे मेरी ही नज़र ना लग जाए।"

ये करते हुए जानकी जी ने आवाज लगाकर रागिनी को अपने पास बुलाया और उसके आते ही बोली "रागिनी अपनी भाभी को पूजा वाली जगह पर लेकर जा और मैं तेरे हीरो भाई को कान पकड़कर लेकर आती हूँ। दुल्हन तैयार हो चुकी है और इन दूल्हे मियां का कोई अता-पता ही नहीं है..."

जानकी जी की बात सुनकर रागिनी और यन्त्रा एक दूसरे की तरफ देखकर मुस्कुराई और घर के आंगन की ओर चल दी। जहां इस वक्त पूजा के लिए मंडप सजा दिया गया था।

आंगन की तरफ आते ही, यन्त्रा का दिमाग एक बार फिर से अपने किडनैपिंग वाले प्लान में लग गया और उसकी आंखें मेन गेट की ओर टकटकी लगाये देखने लगी।

करीब 10 मिनट के बाद, अचानक से 3-4 हट्टे-कट्टे नकाबपोश आदमी घर के गेट के अन्दर आये और उन्होंने हवा में फायरिंग शुरू कर दी। जिससे डर के लोग यहां वहां भागने लगे और इसी बात का फायदा उठाकर उन आदमियों में से दो लोग यन्त्रा की ओर बढ़ गये।

उन लोगों को अपनी तरफ बढ़ता देख यन्त्रा ने झट से रघु की बहन रागिनी को, अपने पीछे छिपाने की एक्टिंग करते हुए, जानबूझकर उन आदमियों के कब्जे में जा फंसी।

वो दोनों आदमी पलक झपकते ही यन्त्रा को अपने साथ लेकर गाड़ी में जा पहुंचे और बाकी के दोनों आदमी भी फायरिंग करते हुए जल्दी से गाड़ी में बैठ गये। फिर कुछ ही मिनटों में ये गाड़ी यन्त्रा को किडनैप करके मानसरोवर से बाहर निकल गयी।

**Flashback-1 end.**

**************

# 17

## यन्त्रा... कौन हो तुम?

---

एक अरसे के बाद, अतीत के सच से हुआ सामना, आपको आपकी ज़िंदगी के असल मायनों से मिला देता है।

फिर भले ही वो सच आपसी रिश्तों से जुड़ा हुआ हो या आपके वजूद से।

**************

प्रेजेंट टाइम,

आई.पी.एस. ऑफिसर रघुवेन्द्र अपने अतीत की यादों से बाहर निकला और अपने आसूं पोछते हुए, फ्रेश होने वॉशरूम की तरफ चले गया।

कुछ ही देर में वो बाथरूम से बाहर निकला और तभी उनका फोन एक बार फिर से बज उठा।

" ट्रिंग- ट्रिंग... ट्रिंग- ट्रिंग..."

रघुवेन्द्र ने कॉल रिसीव करी और घबराते हुए बोला "क्या हुआ कुमार? सब कुछ ठीक तो है ना?"

"साहब.. एक बुरी खबर है। उस आतंकवादी ने दम तोड़ दिया...."

कुमार की ये बात सुनते ही रघुवेन्द्र के दिल की धड़कने अचानक फिर से तेज़ हो गई और उसने तुरन्त ऑर्डर देते हुए कहा "अभी तुम आगे कोई एक्शन मत लेना। मैं 10 मिनट में वहां पहुँचता हूँ।"

ये कहते ही रघुवेन्द्र ने कॉल कट कर दी और मन ही मन घबराते हुए बोला "नहीं, ये नहीं हो सकता। तुम फिर से ऐसे नहीं जा सकती।"

ये सोचते हुए रघु, सामने गिलास में रखे पानी को, एक ही सांस में गटक गया।

फिर कुछ ही मिनटों में, अपना लैपटॉप साथ लिए बाइक में सवार होकर रघु घने जंगलों के बीच से होते हुए उस सीक्रेट अड्डे में जा पहुँचा, जहां इस वक्त रेस्क्यू किए हुए आतंकवादियों को रखा गया था।

देखते ही देखते रघुवेन्द्र उस खुफिया अंडरग्राउंड कमरे में दाखिल हो गया और एक नज़र चारों ओर देखकर आवाज लगाते हुए बोला "कुमार..."

रघुवेन्द्र की आवाज उस सुनसान जगह पर गूंजते ही, कुमार सामने के एक छोटे कमरे से बाहर निकलते हुए बोला "जय हिंद साहब.. इस तरफ के कमरे में आईये...."

कुमार की बात सुनते ही रघुवेन्द्र उसके पीछे-पीछे उस छोटे से कमरे की तरफ चला गया। जहां इस वक्त एक डॉक्टर, उन आतंकवादियों के साथ पकड़ी गई लड़की का चेकअप कर रहा था।

इस कमरे में आते ही रघुवेन्द्र की नज़र उस लड़की के चेहरे में ही थम सी गई। वो एकटक उस लड़की की ओर देखे जा रहा था।

तभी कुमार ने रघुवेन्द्र को बाकी की डिटेल्स बताते हुए कहा "साहब ये वही लड़की है जो आतंकवादियों के साथ पकड़ी गई थी। इसके पैर में 2 गोली लगी थी, जो डॉक्टर ने निकाल तो दी है लेकिन काफी खून बह जाने की वजह से इसे अभी तक होश नहीं आया है। डॉक्टर साहब के अकॉर्डिंग लगभग 2 घंटों के बाद इसे होश आ जाएगा। वैसे साहब एक बात और थी..."

बोलते-बोलते कुमार अचानक से चुप हो गया, तो रघुवेन्द्र ने उसे इशारे में अपनी बात कंटिन्यू करने को बोला।

रघुवेन्द्र का इशारा पाते ही कुमार धीमी सी आवाज में बोला "साहब मेरे लोगों को शक है की ये वहीं आतंकवादी है जिसके तार कुछ साल पहले हुए दिल्ली के सीरियल बम ब्लास्ट से जुड़े थे।"

"क्या तुम श्योर हो कुमार?"

रघुवेन्द्र ने क्रॉस क्वेश्चन करते हुए पूछा तो कुमार तुरन्त जवाब देते हुए बोला "नहीं साहब अभी तो श्योर नहीं हूँ। लेकिन मैंने अपने आदमियों को काम पर लगा दिया है। कल सुबह तक कोई ना कोई सुराग हाथ जरूर लग जायेगा।"

कुमार लगातार बोले जा रहा था की तभी रघुवेन्द्र ने अपनी नज़र उस लड़की के चेहरे से हटाते हुए, कुमार की तरफ देखकर कहा "कुमार.. दूसरे आतंकवादी की लाश को शिनाख्त के लिए ऑफिसर यशवर्धन के पास भिजवा दो और जहां तक बात है इस लड़की की, इसकी बाकी की खोजबीन में खुद करूंगा, अपने आदमियों को मना कर दो।"

रघुवेन्द्र ने ये बात काफी सख्त और सीरियस टोन में कही थी, जिसके जवाब में कुमार ने धीमी सी आवाज में कहा "जी साहब, जैसा आप कहें.."

ये कहते हुए कुमार, डॉक्टर से बोला "डॉक्टर साहब.. आईए में आपको घर ड्रॉप कर देता हूँ। अगर कोई इमरजेंसी हुई तो आपको बुला लिया जाएगा।"

कुमार के इतना कहने के साथ ही डॉक्टर, रघुवेन्द्र को सैल्यूट करते हुए कुमार के पीछे-पीछे कमरे से बाहर निकल गया।

वहीं डॉक्टर और कुमार के जाते ही, रघुवेन्द्र धीमे कदमों से चलते हुए उस लड़की के करीब जाकर साईड में रखे टेबल में बैठ गया।

फिर कुछ देर तक एकटक उसकी ओर देखते हुए भारी मन के साथ, धीमी सी आवाज में बोला "कौन हो तुम? और क्यों किया तुमने मेरा साथ ऐसा? जवाब दो यन्त्रा... कौन हो तुम?"

***************

लगभग डेढ़ घंटे बाद,

रघुवेन्द्र अपने इमोशंस को कंट्रोल करके काम में लग चुका था। उसने पिछले कई सालों में हुए हर छोटे बड़े बम ब्लास्ट की अब तक की सारी डिटेल्स अपने सिस्टम में निकाल ली थी। जिसमें से दिल्ली के सीरियल बम ब्लास्ट में कुछ अननोन आतंकवादियों के होने की खबर मिली थी।

बम ब्लास्ट्स की पूरी जानकारी अपने लैपटॉप पर निकालकर रघुवेन्द्र ने उसका एक खाका तैयार किया और फिर कुछ सोचते हुए यन्त्रा से जुड़ी जानकारी निकालने कि कोशिश में खुद से बोला "ये मुझे जिस रोज़ मिली थी, उसी दिन पंचकूला में एक बम ब्लास्ट हुआ था। हो सकता उस बम ब्लास्ट को भी इसी ने अंजाम दिया हो। अब ये सच जानने के लिए मुझे पहले इसके बारे में सब कुछ पता करना होगा। लेकिन मैं इसके बारे में पता करूं तो कैसे?

सोच रघु सोच, कुछ तो होगा ऐसा, जिससे इसके बारे में कोई इन्फॉर्मेशन निकल पाये...."

खुद में ही ये बड़बड़ाते हुए रघुवेन्द्र अतीत को याद करके, सभी इंपोर्टेंट इंसिडेंट से जुड़ी चीजों को एक पेज पर नोट करने लगा।

"पंचकूला की मार्केट, मानसरोवर का होटल, वहां की सुबह, अचानक से दिल्ली जाने का प्लान, रास्ते में एड्स पूछने वाला वो आदमी, ओर्चर्ड होम की हेड की तबियत खराब..."

यहीं सब नोट करते हुए रघुवेन्द्र ने, अचानक से उस पेपर में लिखा "ओर्चर्ड होम... दिल्ली"

पेपर में ये लिखते ही, रघुवेन्द्र मन ही मन बोला "आई होप, इस बार मुझे यहां से कोई ना कोई इन्फॉर्मेशन मिल जायेगी"

यहीं सोचते हुए उसने जल्दी से ओर्चर्ड होम अनाथालय का नम्बर Google किया और उस नम्बर पर कॉल लगाने लगा।

कुछ 5 6 कॉल के बाद दूसरी साइड से कॉल रिसीव हुआ तो रघुवेन्द्र ने जल्दी से अपनी दमदार आवाज में कहा "ओर्चर्ड होम, दिल्ली?"

"जी हां.. मैं वहां के रिसेप्शन से बात कर रहा हूं। बताइए आपको क्या काम था?"

दूसरी साइड से ये जवाब मिलते ही रघुवेन्द्र तुरंत बोला "मैं DGP रघुवेन्द्र प्रताप बात कर रहा हूँ। इतनी रात को कॉल करने के लिए माफी चाहता हूँ लेकिन मुझे कुछ अर्जेंट जानकारी के लिए आपके हेड से बात करनी थी।"

"जय हिंद सर, श्योर सर मुझे थोड़ा टाइम दीजिए, मैं आपकी बात हेड मैडम से करवाता हूँ?"

उसने तुरंत जवाब दिया और फिर कुछ ही सेकंड के कॉल होल्ड के बाद रघुवेन्द्र को मिस निशा की आवाज सुनाई दी "नमस्कार DGP साहब.. मैं निशा बात कर रही हूं आर्चर्ड होम की हेड। बताइए सर आपको क्या जानकारी चाहिए थी?"

रघुवेन्द्र ने बिना देरी करे, तुरंत अपना सवाल पूछते हुए कहा "जय हिंद निशा जी.. मुझे आपके अनाथालय की, यन्त्रा नाम की लड़की के बारे में जानना था। वो भी सुबह होने से पहले... ये बहुत अर्जेंट है।"

लड़की का नाम सुनते ही, निशा जी ने तुरंत जवाब दिया "सॉरी सर.. लेकिन जहां तक मुझे पता है इस नाम की कोई भी लड़की हमारे अनाथालय में कभी नहीं रही।"

"निशा जी.. प्लीज ये बहुत अर्जेंट है। प्लीज आप अपने रिकॉर्ड में चेक करिए, हो सकता है आपके ध्यान से निकल गया हो..."

रघुवेन्द्र ने जोर देते हुए कहा तो निशा जी, कुछ देर सोचकर बोली "सर मुझे 5 मिनट दीजिए मैं अभी आपको सिस्टम पर चेक करके बता देती हूँ"

ये कहते ही निशा जी ने अपना सिस्टम ऑन किया और ओल्ड डाटा चेक करते हुए बोली "सर हमारे सिस्टम में भी ऐसा कोई नाम प्रेजेंट नहीं है....."

निशा जी की ये बात सुनते ही रघुवेन्द्र थोड़ा तेज आवाज में बोला "ये पॉसिबल ही नहीं है। यन्त्रा नाम की लड़की आपके ही अनाथालय में रहती थी, उसने मुझे खुद बताया था।"

"सर मेरा यकीन कीजिए... हमारे अनाथालय में, अगर कभी भी इस नाम से कोई लड़की होती तो उसका डाटा सिस्टम में जरूर होता। सॉरी सर लेकिन मेरे पास इस नाम की किसी भी लड़की की, कोई जानकारी नहीं है..."

ये कहते हुए निशा जी चुप हो गई तो रघुवेन्द्र भी कुछ देर के लिए शांत हो गया और फिर कुछ देर तक सोचते रहने के बाद बोला "निशा जी... लेकिन एक बार आप फिर से जरूर चेक करिएगा। हो सकता है आपके डेटा में कुछ नाम मिसिंग हो।"

इससे पहले की निशा जी रघुवेन्द्र की बात का कोई जवाब देती, रघुवेन्द्र के कानों में एक आवाज सुनाई दी।

"उनको ये नाम, अपने किसी भी रिकॉर्ड में नहीं मिलेगा रघु?"

ये आवाज सुनते ही रघुवेन्द्र के दिल की धड़कन बहुत तेज़ हो गई। उसने खुद को संभालने की कोशिश करते-करते कॉल कट किया और तुरंत पीछे मुड़कर देखा।

फिर कुछ सेकंड तक यन्त्रा की आंखों में देखते रहने के बाद, रघु रुआंसी सी आवाज में बोला "क्यों? क्यों किया तुमने मेरे साथ ऐसा?"

रघु के इसी सवाल के साथ दोनों की आंखों में आंसू भर आए और चारों तरफ सन्नाटा छा गया।

**************

कुछ देर के बाद खुद को संभालते हुए, यन्त्रा ने इस सन्नाटे को तोड़ने के लिए एक लम्बी सांस ली और फिर बोली "मैं मजबूर थी रघु....."

"ऐसी कौन सी मजबूरी थी यन्त्रा? कौन सी मजबूरी थी जिसके लिए तुम्हें ये सब करना पड़ा? बताओ मुझे, मैं जानना चाहता हूँ की ऐसा भी क्या हुआ था, जो इन बीते 3 सालों ने तुमको एक आतंकवादी बना दिया।"

यन्त्रा के जवाब पर गुस्से से भड़कते हुए रघु ये बोला ही था की तभी यन्त्रा रूआसी आवाज में बोली "मेरा बेटा, 3 साल से उनके कब्जे में है रघु....."

यन्त्रा के ये शब्द सुनकर रघु के पैरों तले जमीन खिसक गई और उसने हैरानी से पूछा "तुम्हारा बेटा?"

रघु को यूं हैरान होता देखकर यन्त्रा ने कुछ देर के लिए कसकर अपनी आंखें बंद की जिससे उसकी आंखों में रुके हुए सभी आंसू एक साथ बाहर की ओर बह गये और फिर एक गहरी सांस लेते हुए यन्त्रा बोली "हां... मेरा और मेरे शहीद हो चुके पति विनय का बेटा, अमन। वो पिछले 3 साल से इन आतंकवादियों के कब्जे में है...."

"तुम ये सब क्या बोले जा रही हो यन्त्रा? तुम्हारा कोई..."

रघु ने हैरान होते हुए एक बार फिर से सवाल किया तो यन्त्रा तुरंत उसकी बात बीच में ही काटते हुए बोली "मैं यन्त्रा नहीं हूं रघु... मैं मीरा हूँ, शहीद हो चुके एक खुफिया एजेंट की विधवा.. मीरा। जिसके पास अब अपने बेटे के सिवाय और कुछ भी खोने को नहीं है..."

यन्त्रा के मुँह से ये सब सुनकर, रघु गहरी सांस लेते हुए बेचैनी से उठ खड़ा हुआ और यहां वहां टहलने लगा। फिर कुछ ही पलों में वो एक बार फिर से पास की चेयर पर जाकर बैठते हुए नॉर्मल होने की कोशिश करने लगा। उसने

पास में रखा पानी कि बोतल को अपने मुँह पर लगा लिया और एक ही सांस में पूरा पानी पी गया।

वहीं दूसरी तरफ, यन्त्रा अपनी आंसू भरी आंखों के साथ अपनी आप बीती बताते हुए आगे बोली "पता है रघु, विनय के इस दुनिया से चले जाने के बाद, बहुत मेहनत से मैंने अपने बेटे और ससुर जी को संभाला था। मुझे छोटी मोटी नौकरी भी मिल गई थी। मैं अपने इस छोटे से परिवार में खुश रहने की कोशिश कर रही थी। लेकिन तभी एक बार फिर से मेरी खुशियों को किसी की नज़र लग गई। उन आतंकवादियों ने मुझे और मेरे परिवार को, हमारे ही घर में किडनैप कर लिया।"

यन्त्रा ये कहते हुए चुप हुई ही थी की इस पूरी जगह पर सन्नाटा पसर गया।

रघु के कुछ भी रिएक्ट ना करने पर, यन्त्रा ने अपनी बात कंटिन्यू करते हुए कहा "पता है रघु, ज़िंदगी में पहली बार किसी बम ब्लास्ट को अंजाम देने के बाद जब में खुद से ही हार चुकी थी, तब उस वक्त मुझे तुम मिले। तुम्हारा मेरी फिक्र करना, मानसरोवर की जादूई दुनिया में लेकर जाना, होटल तक साथ छोड़ने आना और फिर अगली सुबह नदी के बीच जिया हुआ वो पल... वो सब मेरी ज़िंदगी में नयी उम्मीद लेकर आ रहा था। मुझे लगने लगने था कि शायद तुम ही हो जो मुझे इस सबसे बाहर निकाल सकता है। लेकिन.... कुछ ही टाइम के बाद तुम्हारा मुझे वो शादी के लिए प्रपोज करना और फिर वो सगाई..."

इतना कहकर, कुछ देर की खामोशी के बाद यन्त्रा आगे बोली "यहीं वजह थी रघु की मैंने मजबूरी में सगाई के दिन, उन्हीं आतंकवादियों से खुद को किडनैप करवाया और मानसरोवर से दूर चली गई।"

यन्त्रा बोलते-बोलते एक बार फिर से खामोश हुई और फिर एक लम्बी सांस लेते हुए बोली "मैं सच में तुम्हें ये सब पहले ही बता देना चाहती थी। मैंने बहुत बार कोशिश भी की लेकिन.."

**************

# 18

## इश्क़ के बदले धोखा

ज़िंदगी एक ऐसी पहेली है,
जिसके सवालों का पिटारा कभी खत्म नहीं होता।

**************

"मैं सच में तुम्हें ये सब पहले ही बता देना चाहती थी रघु। मैंने बहुत बार कोशिश भी की लेकिन..."

यन्त्रा अपनी आप बीती सुनाते हुए, चुप हुई ही थी की तभी अचानक से उसके चेहरे के बहुत ज्यादा करीब आकर रघु गुस्से में चिल्लाते हुए बोला

"तो क्यों नहीं बताया यन्त्रा.. किसने रोका था तुम्हें? पता भी है, तुम्हारी किडनैपिंग के बाद मैं कितना परेशान हो गया था? कहां-कहां नहीं ढूंढा मैंने तुमको? जहां-जहां मुमकिन था वो हर एक जगह छान मारी थी मैंने। पुलिस कम्प्लेन भी की, लेकिन मेरे पास ना तो तुम्हारी कोई फोटो थी और ना ही कोई पता, इसलिए पुलिस ने भी इस केस को सीरियसली नहीं लिया। मैं दिल्ली के आर्चर्ड होम भी गया था लेकिन दिल्ली में हुए बम ब्लास्ट की वजह से वो अपने वहां के किसी भी बच्चे की जानकारी शेयर नहीं कर रहे थे। इन बीते तीन सालों में भी, मैंने सिर्फ तुमको चाहा यन्त्रा और मेरे इश्क के बदले में तुमने मुझे इतना बड़ा धोखा दिया?"

रघु की आंखों से बहते हुए आंसू इस वक्त बूंद-बूंद करके, बेड पर लेटी हुई यन्त्रा के चेहरे पर गिरते जा रहे थे और यन्त्रा के दीदार का वो पहला-पहला मंज़र, रघु की आंखों के सामने घूम रहा था।

लेकिन अगले ही पल,

यन्त्रा खुद को संभालते हुए बोली "रघु अब तक जो कुछ भी हुआ, उस सब के लिए मैं तुमसे माफी चाहती हूँ। लेकिन प्लीज मेरे बेटे अमन को बचा लो। एक साल पहले मेरे ससुर जी के गुज़र जाने के बाद से, मेरा बच्चा उन

आतंकवादियों के बीच बिल्कुल अकेला है। प्लीज रघु मेरी हेल्प करो, अब तुम ही मेरे अमन को उस दलदल से बाहर निकाल सकते हो।"

रघु के सवालों का जवाब ना देकर, यन्त्रा को यूं अपने बेटे के लिए तड़पता देख, वो खुद को नॉर्मल करने की कोशिश करने लगा और फिर पास की एक चेयर पर बैठ गया।

कुछ देर तक यूं ही खामोश बैठे रहने के बाद, अपने आंसू पोछते हुए रघु ने धीमी सी आवाज में पूछा "क्या तुम्हारे लिए, मेरा प्यार कुछ नहीं था यन्त्रा?"

रघु के इस सवाल पर, यन्त्रा ने कुछ सोचते हुए कहा "रघु मेरे लिए तुम्हारा प्यार कुछ था या नहीं, उससे कहीं ज्यादा जरूरी ये जानना है कि क्या तुम्हारा इश्क़ मेरी मोहब्बत का मोहताज है? क्या अगर मैं तुमसे प्यार ना करूं तो तुम अपने इस इश्क़ को हमेशा के लिए खत्म कर पाओगे?"

यन्त्रा के इस सवाल ने, एक बार फिर से रघु को हर वो पल याद दिला दिया, जिस पल में उसे यन्त्रा से प्यार हुआ था। वहीं मंजर याद करते-करते रघु ने एक लम्बी सांस ली और फिर कुछ देर की खामोशी के बाद पूछा "क्या हुआ तुम्हारे बेटे के साथ?"

रघु का सवाल सुनते ही, यन्त्रा उदास सी होकर बोली "मेरा अमन तीन साल से, मेरे ही घर में उन आतंकवादियों के बीच फंसा हुआ है। अब तुम ही अमन को वहां से बाहर निकाल सकते हो रघु। अब तुम ही उसे एक अच्छी ज़िंदगी दे सकते हो और इसके बदले में, मैं उन आतंकवादियों को पकड़ने में तुम्हारी मदद करूंगी। उनके ठिकानों की पूरी जानकारी मैं तुमको दे सकती हूँ।"

ये बोलते हुए यन्त्रा की आंखों में एक अलग सी चमक आ चुकी थी और इसी चमक को गौर से देखते हुए रघु ने बिना कुछ सोचे समझे हां में सिर हिलाते हुए कहा "मैं इस मिशन के लिए तैयार हूँ।"

इस खुफिया अड्डे में यन्त्रा और आई.पी.एस ऑफिस रघुवेन्द्र प्रताप की ये रात, अतीत के हर एक पहलू के बारे में डिस्कस करते हुए, यूं ही बीत गई।

**************

अगली सुबह,

*मिशन नक़ाब | 111*

आई.पी.एस ऑफिसर रघुवेन्द्र प्रताप उर्फ रघु की आंखें एक मधुर आवाज के साथ खुली।

"ऑफिसर साहब... कितनी देर तक सोते रहोगे? अब उठ भी जाइये.."

रघु ने अपनी आंखे खोली ही थी की उसके ठीक सामने बेड पर लेटी हुई यन्त्रा उसे उठते देखकर, खुश होते हुए बोली "थैंक गॉड... ऑफिसर साहब उठे तो सही। मुझे तो लगा था मिशन की शुरुआत कल से करनी पड़ेगी..."

यन्त्रा की बात और उसके चेहरे की मुस्कुराहट देखते ही रघु भी खुद को स्माइल करने से रोक नहीं पाया। उसने एक प्यारी सी स्माइल के साथ कहा "गुड मॉर्निंग.. यन्त्रा"

वो ऐसे ही मुस्कुराते हुए उस चेयर से उठा, जहां पर बैठकर सोते हुए ही उसने अपनी पूरी रात निकाल दी थी। तभी यन्त्रा की आवाज उसके कानों पर फिर से सुनाई दी "ऑफिसर साहब... यन्त्रा नहीं, मीरा"

यन्त्रा के ये कहते ही रघु के चेहरे की मुस्कुराहट एक झटके में खत्म हो गई। उसने एक लम्बी सांस लेकर पहले खुद को नॉर्मल किया और फिर तुरंत ही सीरियस सी आवाज में बोला "राइट साइड में वॉशरूम है, तुम जाकर फ्रेश हो जाओ। मैं थोड़ी देर में आता हूं.."

ये बोलकर रघु तुरंत ही वहां से बाहर की ओर चला गया। बाहर निकलते ही रघु ने अपने सीक्रेट टीम के लीडर कुमार को कॉल लगाया और सामने से कॉल रिसीव होते ही आवाज आई "जय हिंद साहब.."

"जय हिंद कुमार.... तुम यहां कितनी देर में पहुँच रहे हो कुमार?"

"साहब मैं बस अभी निकल ही रहा था...."

कुमार ने तुरंत जवाब दिया तो रघु कुछ सोचते हुए बोला "ठीक है, तुम जल्दी से यहां पहुंचो और हां एक लेडी स्टाफ को अपने साथ जरूर लेकर आना। इस लड़की की ड्रेसिंग करने के साथ-साथ, इस पर नज़र भी रखनी है। साथ में इसके लिए कुछ कपड़े और खाने का भी इंतजाम कर लेना। ये हमारे लिए एक बहुत इंपॉर्टेंट मिशन में काम करने को रेडी हो गई है। लेकिन याद रहे इस पर से हमारी ज़रा भी नज़र ना हटने पाए, मैं एक आतंकवादी पर पूरी तरह से ट्रस्ट नहीं कर सकता।"

"जी साहब..." कुमार के ये कहते ही, रघु ने कॉल कट कर दिया।

**************

रघु के दिये इंस्ट्रक्शन के अकॉर्डिंग, कुछ ही देर में कुमार अपने साथ कुछ सामान और एक लेडी स्टाफ को लेकर इस खुफिया अड्डे पर पहुंच चुका था।

रघु ने उस लेडी स्टाफ को यन्त्रा की मदद के करने के लिए अंदर भेज दिया और खुद कुमार के साथ बाहर रूक कर कुछ डिस्कस करने लगा।

करीब आधे घंटे के बाद,

"साहब वो रेडी है..."

यन्त्रा की मदद के लिए बुलाई गई लेडी स्टाफ ने आकर इन्फॉर्म करते हुए ये कहा ही था की रघु हां में सिर हिलाते हुए अंदर की ओर चला गया।

लेडी स्टाफ को ब्रेकफास्ट लगाने का बोलकर कुमार भी रघु के पीछे-पीछे अंदर की ओर चले गया।

खुफिया अड्डे के अंदर पहुंचते ही रघु की नज़रे एक बार फिर से, कुछ देर के लिए यन्त्रा पर ही थम सी गई।

प्लेन वाइट और पिंक कलर के कॉम्बिनेशन का सादा सा कॉटन का सूट पहनी यन्त्रा बहुत ही ज्यादा खूबसूरत लग रही थी। उसके सलीके से बनाई गई लम्बे बालों की गुथी हुई चोटी और माथे पर लगी हुई लाल रंग की छोटी सी बिंदी, उसकी खूबसूरती में चार चांद लगा रही थी।

रघु एकटक यन्त्रा को निहार ही रहा था की तभी लेडी स्टाफ ने यन्त्रा के सामने ब्रेकफास्ट में दलिया रखते हुए कड़क आवाज में कहा "ये नाश्ता जल्दी से खा लो, फिर साहब लोगों को तुमसे कुछ जरूरी बात करनी है।"

ये सुनकर यन्त्रा ने एक नज़र रघु की तरफ देखा और फिर हां में सिर हिलाते हुए चुपचाप दलिया खाने लगी।

वहीं रघु, अपने इमोशंस को कंट्रोल करते हुए, सभी से नज़रे चुराकर फ्रेश होने वॉशरूम की तरफ बढ़ गया।

सुबह के 11 बजे,

अब तक सभी का ब्रेकफास्ट हो चुका था और अब बारी थी यन्त्रा से हर एक जानकारी डिटेल में लेकर प्लान बनाने की।

फिलहाल के लिए रघु के साथ सीक्रेट टीम का लीडर कुमार, अपने हाथ में डायरी और पेन लेकर यहां पर मौजूद था।

तभी ऱघु ने अपने फोन का रिकॉर्डर ऑन करके, यन्त्रा से अपना पहला सवाल पूछा "क्या नाम हैं आपका? क्या आप बता सकती है आपने इन आतंकवादियों के साथ काम करना कब से शुरू किया? और आपके बेटे को आतंकवादियों ने कब, कैसे, कहा और क्यों किडनैप किया?"

रघु के इस सवाल पर बिना देरी किये यन्त्रा ने तुरन्त जवाब दिया "मेरा नाम मीरा है। मैं सीक्रेट एजेंट विनय की विधवा हूँ...."

इसी तरफ से एक-एक करके यन्त्रा ने सारी ही बातें डिटेल में उनके सामने रख दी।

सारे सवालों के जवाब पाते ही रघु दूसरे सवाल की तरफ बढ़ते हुए बोला "तो वो आतंकवादियों का सरदार आपके परिवार से बदला लेने आया था? वो भी इसलिए क्योंकि आपके पति विनय ने उस आतंकवादी के बेटे को पकड़कर आर्मी को सौंप दिया था? एम आई राइट?"

"जी हां.."

यन्त्रा ने रघु के क्रॉस क्वेश्चन का जवाब दिया ही था की तभी रघु गुस्से में चिल्लाते हुए बोला "तो इन सब में, उसने तुमको जिंदा कैसे छोड़ दिया? और तुम्हें ही क्यों चुना बम ब्लास्ट कराने के लिए?"

रघु ने ये बात बहुत गुस्से से कही थी, लेकिन इस पर भी यन्त्रा ने बिना डरे, बड़े ही आराम से जवाब देते हुए कहा "आपके इस क्यों का सही-सही जवाब तो मुझे नहीं पता ऑफिसर... लेकिन मुझे लगता है उस आतंकवादी को समझ आ चुका था की मेरी जान, मेरे बेटे अमन में बसी है। जिसका फायदा उठाने के लिए उसने मुझे ब्लैकमेल करना शुरू कर दिया। वो मुझे अमन का विडियो बना-बनाकर भेजता रहता था, जिसमें कहीं अमन रिवाल्वर से खेल रहा होता तो कहीं उसी रिवाल्वर के निशाने में और यहीं से शुरुआत हुई उन बम ब्लास्ट की.... जिसमें सबसे पहले ट्रायल के तौर पर मुझे पंचकूला भेजा गया था। जहां

उस आतंकवादी ने मेरे पीछे अपने कुछ आदमी भी भेजे थे ताकि मैं कोई चालाकी ना कर सकूं..."

पंचकूला के बम ब्लास्ट का ज़िक्र सुनते ही, रघु को उस दिन हुए बम ब्लास्ट की न्यूज़ याद आ गई और साथ ही यन्त्रा से हुई वो पहली मुलाकात भी।

बम ब्लास्ट वाली बात पर फोकस करते हुए, रघु ने दिल्ली बम ब्लास्ट से जुड़े सवाल यन्त्रा से पूछना शुरू करते हुए कहा "जहां तक मुझे याद है पंचकूला और दिल्ली बम ब्लास्ट के बीच लगभग एक हफ्ते का ही टाइम था और आपके अकॉर्डिंग दिल्ली में बम ब्लास्ट कराने के लिए भी आपको ही चुना गया, तो इतनी जल्दी उन आतंकवादियों ने आप पर इतना भरोसा कर कैसे लिया?"

रघु के इस सवाल पर यन्त्रा तुरंत जवाब देते हुए बोली "उनको मुझ पर भरोसा नहीं था ऑफिसर। वो बस मुझसे अपना काम निकलवाना चाहते थे, वो भी बिना किसी की नज़रों में आये। मेरे बेटे को मोहरा बनाकर उन्होंने मुझे दिल्ली में सीरियल बम ब्लास्ट कराने के लिए भेज दिया और इसी दौरान मुझे दिल्ली में उनके 4-5 खुफिया अड्डों का पता चला। जहां से उन्हें ऐसे कामों के लिए मदद दी जाती है। उन अड्डों का पूरा पता में आप लोगों को दे सकती हूँ..."

यन्त्रा ने अपनी बात खत्म की ही थी की तभी रघु कुछ याद करते हुए बोला "दिल्ली बम ब्लास्ट में 4 से 5 बम, टाईम रहते डिफ्यूज कर लिये गये थे। एक न्यूज़ चैनल ने ये दावां किया था की किसी अनजान नम्बर से उनको इसकी जानकारी मिली थी और उसके बाद से वो नंबर ही बंद हो गया। इसके बारे में आपको कुछ पता है?"

रघु बोलते-बोलते थोड़ा सा रुका और यन्त्रा की तरफ गौर से देखने लगा। जिस पर यन्त्रा ने बिना कुछ बोले ही हल्की सी स्माइल के साथ हां में सिर हिला दिया।

यन्त्रा की स्माइल देखकर रघु समझ चुका था की वो कॉल यन्त्रा ने ही उस न्यूज़ चैनल को की थी। तभी रघु ने हैरान होते हुए पूछा "ऐसा क्यों किया आपने? अगर इस बारे में उन आतंकवादियों को पता चल जाता तो वो आपके बेटे को जान से मार सकते थे..."

"हां, मैं ये जानती थी। लेकिन मैं ये भी कैसे भूल सकती थी की अपनी ममता में अंधी होकर, मैं अपने उसी देश को तबाह करने जा रही थी, जिसके लिए मेरे पति ने अपनी जान तक दे दी थी?"

ये बोलते हुए यन्त्रा की आंखे भर आई। जिसे नॉर्मल करने के लिए उसने साईड टेबल पर रखे पानी के गिलास को उठाया और घुट-घुट करके पीने लगी।

कुछ देर के सन्नाटे के बाद रघु ने एक लम्बी सांस ली और एक पेन और डायरी यन्त्रा की तरफ बढ़ाते हुए बोला "मुझे उनके सारे अड्डों का एड्रेस इसमें चाहिए और हां हम एक साथ, एक ही वक्त में उनके सारे अड्डों में धावा बोलेंगे, ताकि कोई भी बचकर ना निकल पाए। तो कोशिश करना की आप अच्छे से याद करके उन आतंकवादियों के हर अड्डे का पता इस डायरी में लिखे।"

रघु की बात सुनते ही यन्त्रा ने तुरन्त हां में सिर हिलाया और हाथ में पकड़े हुए गिलास को साइड रखकर, वो डायरी अपने हाथ में लेते हुए एक-एक करके उसमें एड्रेस लिखने लगी।

तभी कुमार अपने फोन पर आ रहे कॉल को रिसीव करने के लिए "एक्सक्यूज मी" बोलकर इस कमरे से बाहर की ओर चले गया।

वहीं यन्त्रा को तुरंत ही उस डायरी में उलझते देख, रघु ने उसे रिलैक्स करने को बोलते हुए कहा "आप आराम से सोचकर लिख लीजिएगा एड्रेस.. जल्दबाजी में कहीं कुछ मिस ना हो जाये..."

रघु के ये कहते ही यन्त्रा मुस्कुराते हुए बोली "ऑफिसर साहब, मानसरोवर का वो होटल याद है आपको, जहां रूम नंबर 108 में जाने के लिए 22 सीढ़ियां चढ़कर जाते है। पाता है उसके रास्ते में 6 एल.ई.डी लाइट्स लगी हुई है और वहीं पर फर्स्ट फ्लोर पर पहुँचते ही, उस बरामदे जैसी जगह पर 2 पंखे लगे हुए है। जिसके लिए वहां पर 2 स्विच बोर्ड भी है। ये सब जानने के बाद भी अगर आपको मेरी याददाश्त पर शक है तो आप कुछ भी पूछ सकते है मुझसे...."

यन्त्रा का ये जवाब सुनकर, पहले तो रघु ने हल्की सी स्माइल की और फिर सीरियस सा होकर सवाल करते हुए पूछा "आपका बेटा इस वक्त कहां पर है मीरा जी?"

रघु के किए गये सवाल पर यन्त्रा का हाथ अचानक से ठहर गया और वो सर्द सी आवाज़ में बोली "वो अब भी मेरे ही घर में कैद है..."

इतना कहते ही यन्त्रा ने एक लम्बी सांस ली और फिर से डायरी में एड्रेस लिखना शुरू कर दिया।

***************

# 19

## मिशन नकाब

---

जंग और मोहब्बत आपकी आत्मा का दर्पण है।

अब ये आपको डिसाइड करना है की आप अपने वजूद को सही दिशा देने के लिए किसे चुनेंगे।

*************

दो दिन बाद,

आई.ए.एस ऑफिसर रघुवेन्द्र प्रताप का ऑफिस..

अब तक मिशन का पूरा खाका तैयार हो चुका था और इसी के सिलसिले में रघुवेन्द्र के सिलेक्टेड पुलिस ऑफिसर्स की एक टीम भी तैयार थी। मिशन के बारे में फाइनल और डिटेल्ड डिस्कशन के लिए टीम के सभी लोग आज की मीटिंग में मौजूद थे।

कुछ ही देर के बाद,

"जय हिन्द ऑफिसर्स.." आई.पी.एस ऑफिसर रघुवेन्द्र प्रताप, मीटिंग रूम में एंटर करते हुए फुल जोश के साथ ये बोले ही थे की तभी उसके जवाब में पूरा मीटिंग रूम "जय हिन्द" की आवाज से गूंज उठा।

अपनी टीम के इस जोश को देखते हुए, रघुवेन्द्र भी फुल एनर्जी के साथ प्रोजेक्टर पर प्रेजेंटेशन शो करते हुए बोला "ऑफिसर्स जैसा की आप सभी को पता है। पिछले दिनों हमें हमारे कुछ लोकल लीड्स से आतंकवादियों के अपने एरिया में मौजूद होने की खबर मिली थी। जो की पूरी तरह से सच निकली और वहां मौजूद 2 आतंकवादियों को मार गिराया गया। उन आतंकवादियों की खोज खबर निकाली गई तो पता चला की ये उसी आतंकवादी संगठन के थे, जिन्होंने कुछ साल पहले दिल्ली में सीरियल बम ब्लास्ट करवाये थे। थोड़ी और जांच पड़ताल की गई तो हमें इस आतंकवादी संगठन के कुछ और अड्डों

की जानकारी मिली, जिस पर धावा बोलने के लिए **मिशन नकाब़** के तहत आप सभी को चुना गया है।"

रघु ये कहते हुए कुछ देर के लिए शांत हुआ और अपनी प्रेजेंटेशन के आगे की स्लाइड्स में कुछ मैप और उसमें हाईलाइटेड लोकेशन दिखाते हुए आगे बोला "ये है वो 6 जगह जहां पर इस संगठन के आतंकवादियों के अभी भी मौजूद होने की आशंका है। इन 6 में से 5 लोकेशन दिल्ली में ही मौजूद है और एक लोकेशन हिमाचल की एक पहाड़ी में है। जहां से, इन सभी अड्डों को रेगुलेट किया जा रहा है। तो हम सब लोग 6 टीम में डिवाइड होकर एक साथ, एक ही वक्त में इन सभी अड्डों पर धावा बोलेंगे...."

इतना कहते ही, रघुवेन्द्र टीम डिस्ट्रीब्यूशन और मिशन की सारी जानकारी बारी-बारी से देने लगा।

देखते ही देखते 2 से 3 घंटे बीत चुके थे और फाइनली मिशन की हर एक छोटी-बड़ी बात के बारे में डिस्कशन खत्म हो गया था।

सारे डिस्कशन खत्म होते ही रघुवेन्द्र इस मीटिंग को फिनिशिंग लाइन की तरफ ले जाते हुए बोला "तो हम आज से 4 दिन बाद मिशन नकाब को अंजाम देंगे। तब तक सभी ऑफिसर्स अपनी-अपनी टीम के मिशन की तैयारी करेंगे। लेकिन याद रहे, इस मिशन की सभी जानकारी मिशन के कम्पलीट होने तक टॉप सीक्रेट रहेगी। इज़ देट क्लीयर..?"

"यस सर..."

रघु के सवाल का जवाब देते हुए एक बार फिर से मीटिंग रूम तेज़ आवाज के साथ गूंज उठा।

**************

मिशन का दिन,

प्लानिंग के अकॉर्डिंग दिल्ली की पांच जगह पर बाकी के ऑफिसर्स अपनी-अपनी टीम और हथियारों के साथ मौजूद थे। वहीं रघुवेन्द्र प्रताप अपनी टीम के साथ हिमाचल की पहाड़ियों के बीच बने, मीरा के घर के आस-पास मौजूद था।

सुबह पौने तीन (2:45) बजे,

जहां एक ओर हिमाचल की पहाड़ियां रात के अंधेरे में घिरी हुई थी। वहीं रघुवेन्द्र प्रताप अपनी टीम के साथ, मीरा के घर पर हमला करने को तैनात खड़ा था।

ठीक तीन बजे,

रघुवेन्द्र के इशारे पर हिमाचल सहित दिल्ली में मौजूद आतंकवादियों के अलग-अलग अड्डों पर मिशन नकाब शुरू कर दिया गया।

खुफिया तरीके से सभी पुलिस ऑफिसर्स आतंकवादियों के अड्डों में जाने लगे और साथ ही बेहोशी की दवा का धुआं चारों ओर फैलाने लगे।

दिल्ली और हिमाचल, दोनों ही जगह मौजूद रघुवेन्द्र की पूरी टीम लाईफ जैकेट्स के साथ-साथ, एक स्पेशल टाइप का नकाब भी पहने हुए थी। जिसकी वजह से बेहोशी के धुएं का उन पर कोई असर नहीं हो रहा था।

कुछ ही देर में बारी-बारी से उन अड्डों में मौजूद आतंकवादी नींद में ही, बेहोश होते चले गये।

लेकिन तभी हिमाचल के अड्डे में मौजूद एक आतंकवादी ने गोलियाँ चलानी शुरू कर दी। जिसकी आवाज से कुछ 4-5 और आतंकवादी भी नींद से जाग गये और अपना मुँह जल्दी से कवर करते हुए अपनी-अपनी बंदूकों को लेकर तैनात हो गये।

दूसरी तरफ से गोलियाँ चलने की वजह से जवाब में रघुवेन्द्र और उसकी टीम ने भी अपनी-अपनी पोजीशन ले ली और दोनों तरफ से गोलियाँ चलने का सिलसिला शुरू हो गया।

देखते ही देखते इस मुठभेड़ के बीच कुछ पुलिस वाले घायल हो गये और वहीं काफी सारे आतंकवादियों को मार गिराया गया।

गोलियों की बौछार कुछ कम होते ही, रघु पूरी सावधानी के साथ एक-एक कर उस घर के कमरों की तरफ बढ़ गया। 2-3 कमरे चेक करने के बाद, रघु जैसे ही अगले कमरे के अंदर गया, उसकी नज़र कमरे के एक कोने में, कान

बंद करके बैठे हुए लड़के पर पड़ी। जिसकी उम्र लगभग 7 से 8 साल लग रही थी।

उस बच्चे को गौर से देखकर रघु ने धीमी सी आवाज में कहा "अमन..?"

किसी नये नकाबपोश से अपना नाम सुनते ही वो बच्चा और भी ज्यादा सहम गया। उसे डरते देख रघु तेज़ी से उसके करीब जाकर अपना मास्क हटाते हुए बोला "डरो नहीं अमन बेटा.. हमें आपकी मम्मा ने भेजा है, आपकी हेल्प करने के लिए। मैं आपको उनके पास ले जाने के लिए आया हूँ बेटा। आप चलोगे ना मेरे साथ..?"

रघु की बात सुनकर, अमन ने डरते-डरते बिना कुछ बोले, हां में सिर हिला दिया। तो रघु तुरंत ही अपने पास मौजूद एक एक्स्ट्रा मास्क को अमन को पहनाने लगा और उसे धीरे-धीरे अपने साथ कमरे के बाहर ले आया।

अब तक आतंकवादी और पुलिस ऑफिसर्स के बीच चल रही मुठभेड़ भी शांत हो चुकी थी।

कुछ आतंकवादी, पुलिस वालों की गोलियों का शिकार हो चुके थे। तो कुछ बेहोशी की दवा की वजह से अपने होशो हवास खो बैठे थे।

अब सभी पुलिस ऑफिसर एक-एक करके हर कमरे को छान रहे थे, ताकि कोई भी आतंकवादी बचकर निकल ना पाएं। वहीं रघुवेन्द्र बहुत ही सावधानी से अमन को अपने साथ इस घर से बाहर की ओर लेकर जा रहा था की तभी अमन उसे रोकते हुए एक दरवाजे की ओर इशारा करके बोला "अंकल, वो वहां नीचे है..."

अमन के ये कहते ही रघुवेन्द्र ने अपनी टीम के 3 ऑफिसर को इशारे से अपने पास बुलाया और उनमें से एक को अमन के साथ रहने को बोल कर वो बाकी के दो ऑफिसर के साथ उस अंडरग्राउंड कमरे की तरफ बढ़ गया।

उस कमरे के दरवाजे को धकेलते हुए रघुवेन्द्र तेजी से उस कमरे के अंदर जा घुसा और सामने से गोलियाँ चलने के बावजूद, अपने दो ऑफिसर्स की मदद से गोलियों की बौछार करते हुए, रघु उस पत्थर की आंख वाले आतंकवादी तक जा पहुँचा।

रघुवेन्द्र ने कुछ ही मिनटों में अपने दो ऑफिसर्स के साथ उस पत्थर की आंख वाले आतंकवादी को सब तरफ से घेर लिया था।

इस वक्त रघुवेन्द्र प्रताप की बंदूक की नोक में, वो पत्थर की आंख वाला, दिल्ली बम ब्लास्ट का मास्टर माईंड निहत्था खड़ा था। उस आतंकवादी की ओर देखते हुए रघुवेन्द्र गुस्से से बोला "अब तेरा खेल खत्म....."

रघु के ये बोलते ही, अचानक से रघु के वॉकी टॉकी पर एक-एक करके 5 वाइस नोट्स की आवाज आई "मिशन नकाब अकांप्लिश्ड... मिशन नकाब अकांप्लिश्ड... मिशन नकाब अकांप्लिश्ड..."

**************

# 20

# मिस्टीरियस यन्त्रा

इश्क़ कभी भी मंजिल का मोहताज़ नहीं होता..
ये तो ऐसी दास्तान है जो ज़िंदगी के साथ शुरू होती है और सांसों पर खत्म।

***************

कुछ घंटो बाद,

मिशन नकाब की कामयाबी के बाद, रघु ने मिशन की सारी जरूरी फॉर्मेलिटी कम्पलीट करते हुए, उस आतंकवादी को अपने ही एरिया के जेल में डाल दिया और वो खुद, अमन को अपने साथ लेकर यन्त्रा से मिलने उसी खुफिया अड्डे में जा पहुंचा, जहां पिछले कई दिनों से यन्त्रा को रखा गया था।

उस कमरे के अन्दर एंटर करते ही, रघु ने देखा की यन्त्रा का बेड इस वक्त खाली पड़ा हुआ है और उसकी कुछ दूरी पर ही यन्त्रा की हेल्पर आराम से कुर्सी पर बैठी-बैठी सो रही है। ये देखते ही हेल्पर को आवाज लगाते हुए रघु जोर से चिल्लाकर बोला "ये लड़की कहां है?"

रघु के इतनी तेज़ चिल्लाने पर भी जब सामने बैठी वो लड़की यूं ही सोती रही तो रघु तुरन्त उसके करीब गया और उसके कंधे को हल्के से हिलाते हुए बोला "तुमको क्या यहां सोने के लिए बुलाया गया है? उठो...."

लेकिन रघु के ऐसा करते ही वो हेल्पर बेहोशी की हालत में जमीन पर जा गिरी। उसके नीचे गिरते ही रघु तुरन्त घबराते हुए उस हेल्पर की नब्ज़ चैक करने लगा, जो की इस वक्त काफी धीमी चल रही थी।

रघु ने तुरन्त ही घबराते हुए, धीमी सी आवाज में कहा "अब ये सब क्या है? किसका काम हो सकता है ये? और यन्त्रा, वो कहां है? कहीं उसे किसी ने किडनैप तो नहीं कर लिया? लेकिन ऐसा कर कौन सकता है? इस जगह के बारे में तो किसी को कुछ भी पता ही नहीं है।"

कुछ देर तक सोचने के बाद, रघु मन ही मन बोला "तो फिर, कहीं ऐसा तो नहीं की यहां से भागने के लिए, यन्त्रा ने ही इस हेल्पर को बेहोश किया हो? लेकिन वो ऐसा क्यों करेगी?"

इस वक्त उस हेल्पर को जमीन पर बेहोशी की हालत में देखकर एक ओर जहां रघु को यन्त्रा की टेंशन हो रही थी। वहीं दूसरी तरफ रघु को शक़ था की कहीं इस सब में यन्त्रा का हाथ तो नहीं।

यन्त्रा के एक बार फिर से यूं गायब होने से, रघु बहुत परेशान नज़र आ रहा था। इसी परेशानी के बीच उसने कुमार को फोन घुमाया और यन्त्रा को ढूंढने के लिए कह दिया। साथ ही उसने कुमार से बेहोश हेल्पर के लिए डॉक्टर और अमन के लिए केयर टेकर का इंतजाम करने के लिए भी कहा।

वहीं कॉल कट होते ही, वो खुद से ही बड़बड़ाकर बोला "तुम अब ये सब क्यों कर रही हो यन्त्रा? अब तो सब कुछ ठीक हो गया था ना? मैं अमन को भी उस दलदल से निकाल लाया था। तो अब तुम यूं अचानक से कहां गायब हो गई हो?"

रघु मन ही मन यन्त्रा से लगातार सवाल किये जा रहा था, लेकिन उसके इन सवालों का जवाब देने के लिए, यन्त्रा यहां मौजूद नहीं थी।

**************

आधे घंटे बाद,

अमन के लिए केयर टेकर और बेहोश हेल्पर के लिए डॉक्टर को साथ लेकर कुमार इस अड्डे में आ पहुँचा।

कुमार के आते ही रघु ने अमन को केयर टेकर को सौंप दिया और हर तरह से, उसका ध्यान रखने के इंस्ट्रक्शन दे दिये। वहीं उसने अमन को भी अच्छे से समझा दिया की वो इस केयर टेकर के आस-पास ही रहे।

केयर टेकर अमन को अपने साथ लेकर किसी सेफ जगह पर चली गई। उन दोनों के वहां से जाते ही कुमार ने रघु की तरफ अपना फोन बढ़ाते हुए कहा "सर, आई थिंक आपको ये विडियों देख लेना चाहिए?"

कुमार की बात सुनते ही रघु ने फोन को अपने हाथ में ले लिया और फोन में आ रही विडियों को देखते हुए बोला "ये तो यन्त्रा है, ये इस जेल के पास क्या कर रही है?"

उस विडियों में यन्त्रा, उसी जेल के अन्दर जा रही थी जहां पर उस पत्थर की आंख वाले आतंकवादी को रखा गया था। वहीं रघु के सवाल का जवाब देते हुए कुमार धीमी सी आवाज में बोला "ये वहां उसी आतंकवादी से मिलने गई थी, जिसे आज सुबह के मिशन में पकड़ा गया था।"

कुमार का जवाब सुनते ही रघु ने कुछ सोचते हुए फिर से सवाल किया "और ये तुमको कैसे पता चला?"

"साहब, मेरे कुछ जानने वाले लोग, जेल के अंदर भी है। उन्ही से मैंने ये विडियो क्लिप और ये पूरी इंफॉर्मेशन निकलवाई है।"

कुमार ने जवाब दिया और फिर विडियों को आगे बढ़ाते हुए बोला "ये लड़की उस आतंकवादी से मिलने के बाद 13 मिनट में बाहर भी आ गई थी और फिर ऑटो पकड़ के कहीं के लिए निकल गई। मैंने अपनी टीम को, उस ऑटो और ऑटो वाले को ढूंढने के लिए कह दिया है। लेकिन अभी तक उसका कुछ भी पता नहीं चल पाया है।"

कुमार की बात सुनते वक्त भी, रघु लगातार उस विडियों को ही आगे पीछे करके जूम इन और ऑउट करते हुए बार-बार देखे जा रहा था और मन ही मन बड़बड़ाते हुए खुद से बोल रहा था।

"लेकिन.... यन्त्रा उससे मिलने गई क्यों थी?"

खुद से ये सवाल करते हुए, अचानक से रघु की नज़र यन्त्रा के हाथ पर गई और वो हड़बड़ाते हुए बोला "इसके हाथ की घड़ी बाहर निकलते टाईम गायब है? हे भोलेनाथ... जरूर जेल की चार दीवारी में कुछ बुरा होने वाला है। जरूर उस घड़ी में कुछ था इसी लिए यन्त्रा उसे जेल के अन्दर छोड़कर आई है।"

अपने में ही बड़बड़ाते हुए रघु अचानक से विडियों की तरफ इशारा करते हुए तेज़ आवाज में बोला "कुमार, हमें जल्द से जल्द जेल में पहुँचकर, इस घड़ी को ढूंढना होगा..."

ये कहते हुए रघु तेज़ी से उस खुफिया अड्डे से बाहर की तरफ दौड़ पड़ा। उसके ठीक पीछे-पीछे कुमार भी बाहर आ गया और सामने खड़ी जीप की

ड्राईविंग सीट पर जाकर बैठ गया। कुछ ही देर में दोनों पुलिस जीप में बैठकर, तेज़ी से उस जेल की तरफ चल दिये।

लेकिन थोड़ी ही देर बाद, रघु का फोन बज उठा "' ट्रिंग- ट्रिंग..."

ये कॉल किसी लैंडलाईन फोन से आ रहा था।

रघु ने कॉल रिसीव कि और तभी सामने से किसी की हड़बड़ाई हुई सी आवाज आई "सर.... जेल में एक बम ब्लास्ट हुआ है। जहां पर बम फटा, वहां चारों तरफ सिर्फ खून ही खून और बॉडी के टुकड़े पड़े हुए है। शायद आपका आज सुबह पकड़ा हुआ वो आतंकवादी भी इन्हीं में था। हमें जल्द से जल्द पता करना होगा की इस बम ब्लास्ट का शिकार और कितने लोग हुए है। बाकी बहुत सारे कैदी घायल है जिनको हॉस्पिटल भेजा जा रहा है। हो सके तो आप जल्द से जल्द यहां अपनी टीम के साथ आ जाईये।"

ये सुनते ही रघु के पैरों तले जमीन ही खिसक गई। उसने दबी-दबी सी आवाज में धीरे से कहा "मैं टीम को भेज रहा हूँ।"

ये कहते ही रघु ने कॉल काट दी और फिर ऑफिसर यशवर्धन को टीम के साथ उस जेल की तरफ जाने का ऑर्डर दे दिया। ये सब करते हुए रघु के दिल और दिमाग में लगातार मन्ना की जेल में जाने वाली विडियों ही घुम रही थी।

तभी अचानक से रघु ने धीमी सी आवाज में कहा "कुमार.... गाड़ी रोको..."

रघु की ऐसी अजीब सी आवाज सुनते ही कुमार ने जीप रोक दी और हैरान होते हुए पूछा "क्या हुआ साहब?"

रघु ने सीरियस टोन में जवाब दिया "अब वहां जाने का कोई फायदा नहीं है, जेल में बम ब्लास्ट हुआ है और शायद अब वो आतंकवादी मर चुका है। इसका मतलब है की वो घड़ी सिर्फ घड़ी नहीं थी, बल्कि एक बम था।"

कुमार ने चौंकते हुए पूछा "बम ब्लास्ट? और ये सब उस लड़की ने किया? लेकिन क्यों? जैसा उसने कहा था वो सब तो आपने कर ही दिया था ना, तो फिर ये बम ब्लास्ट क्यों?"

कुमार के इस सवाल पर रघु बोला "मैं नहीं जानता कुमार, लेकिन मुझे लगता है इन सब सवालों का जवाब हमें उसी खुफिया अड्डे में मिलेगा, जहां वो लड़की पिछले कई दिनों से थी।"

रघु के ये कहते ही कुमार ने जीप वापस से मोड़ ली और कुछ ही सेकंड में वो दोनों वापस से उसी खुफिया अड्डे पर जा पहुंचे।

**************

उस खुफिया अड्डे में पहुँचने के बाद से रघु और कुमार ने यहां की हर एक चीज़ चैक कर ली थी। लेकिन अभी भी उन्हें कुछ नहीं मिला था।

तभी रघु के हाथ एक फोन लगा जिसको किसी सामान की मदद से सीधे खड़े करके रखा गया था। उसे देखते ही रघु ने उसे अपनी जेब में रख लिया और वाशरूम की तरफ चले गया। वाशरूम में जाते ही रघु ने वो फोन ऑन किया तो उसे पता चला की ये फोन उसी हेल्पर का है जिसे बेहोश करके यन्त्रा इस खुफिया अड्डे से भाग निकली थी।

रघु ने तुरन्त फोन का कॉल स्टेट्स चैक किया, जहां उसे ज्यादा कुछ नहीं मिला। फिर रघु ने तुरन्त ही उस फोन का कैमरा ऑन कर दिया और तभी उसे इस फोन में, यन्त्रा की कुछ घंटों पहले बनाई हुई विडियों दिखाई दी।

वो विडियों शुरू हुआ, तो उसमें यन्त्रा ने कैमरे के सामने खड़े होते हुए कहा "congratulation ऑफिसर साहब, नकाब मिशन पूरा हुआ। मुझे पता था आप ये जरूर कर लेंगे और मेरे लिए उस जानवर का शिकार करना आसान हो जायेगा। मेरी ये बात सुनने के बाद, कहीं आप कन्फ्यूज तो नहीं हो गये? चलिये मैं आपको सब कुछ शुरू से बताती हूँ.."

विडियो में यन्त्रा इतना ही बोली और फिर एक लम्बी सांस लेकर उसने आगे बोलते हुए कहा "कुछ साल पहले तक, अपने हस्बैंड शहीद विनय की तरह ही, मैं भी एक खुफिया एजेंट थी। अपने एक मिशन के दौरान ही में विनय से मिली और हमें एक दूसरे से प्यार हो गया। जल्द ही हम दोनों ने शादी कर ली और फिर जैसे ही मैं प्रग्नेंट हुई मैंने ये काम छोड़ दिया। लेकिन किस्मत मैं कुछ और ही लिखा था, मेरा वो बच्चा बच नहीं पाया और मैंने और विनय ने एक बच्चा गोद ले लिया। लेकिन फिर उसके कुछ टाईम बाद मेरे पति को इसी पत्थर की आंख वाले आतंकवादी ने बम से उड़ा दिया। उस बम ब्लास्ट की वजह से मेरे हैस्बेड की डेड बॉडी भी मुझे नहीं मिल पाई और उसके बाद इस आतंकवादी ने मेरे गोद लिये हुए बच्चे को भी मेरे ही घर में किडनैप कर लिया। इतना सब हो जाने के बाद भी वो अभी तक ज़िंदा था तो सिर्फ इसलिए क्योंकि मेरा अमन उनके पास था। लेकिन जैसे ही आपने अमन को उसके चंगुल से

बाहर निकालने के लिए हां कहा, तभी मैंने सोच लिया था की अब मैं उस आतंकवादी को ज़िंदा नहीं छोडूंगी। लेकिन जब तक आपको ये विडियों मिलेगा, तब तक मैंने अपना काम भी पूरा कर लिया होगा। खत्म कर दिया होगा, उस आतंकवादी को जिसने मेरे विनय की जान ली थी।"

यन्त्रा उफ्फ मीरा मुस्कुराते हुए आगे बोली "थैंक यू ऑफिसर साहब.. मेरी मदद करने के लिए, मुझे वापस से मेरी ज़िंदगी देने के लिए, थैंक यू सो मच। लेकिन मुझे आपसे एक आखिरी फेवर चाहिए, प्लीज मना मत करिएगा।"

कुछ देर की खामोशी के बाद, यन्त्रा ने अपनी बात कन्टीन्यू करते हुए आगे कहा "ऑफिसर साहब, मैंने अब फिर से अपना खुफिया एजेंट वाला काम शुरू कर दिया है और मुझे एक जरूरी मिशन भी मिल गया है। जिसकी वजह से मुझे कुछ वक्त के लिए देश से बाहर जाना पड़ रहा है। तो प्लीज, आप मेरे अमन को ऑर्चर्ड होम में छोड़ दीजिएगा, ताकि मैं ये मिशन पूरा करते ही, अमन को वहां ले अपने साथ ले जाऊं। आई होप आप मेरी मदद जरूर करेंगे..."

यन्त्रा के ये कहते ही, 4 मिनट का वो विडियो खत्म हो गया। लेकिन उसके खत्म होते ही रघु गहरी सोच में डूब गया और अपने दिमाग में सही गलत की कैल्कुलेशन करने लगा।

**************

10 दिन बाद,

आर्चर्ड होम दिल्ली...

रघु, अमन को अपने साथ लिये आर्चर्ड होम में मिस निशा के सामने आकर बैठते हुए बोला "हैलो मिस निशा... मैं DGP रघुवेन्द्र प्रताप और ये अमन, आई थिंक आप अमन को तो पहचान ही गई होंगी?"

रघु ने मुस्कुराते हुए पूछा तो मिस निशा ने भी स्माईल के साथ जवाब दिया "हां बिल्कुल सर, अमन इस घर का सबसे स्पेशल बच्चा है। मैं उसे कैसे भूल सकती हूँ और फिर विनय जी और मीरा जी ने बहुत मेहनत की थी इसे अपना बनाने के लिए..."

मिस निशा ने इतना कहा ही था की तभी एक लेडी उनके ऑफिस में आई और मिस निशा ने अमन को उसके साथ बाकी बच्चों से मिलाने भेज दिया।

लेकिन तभी अमन के जाते ही, रघु ने सवाल करते हुए कहा "अमन को गोद लेने के लिए मेहनत करनी पड़ी? यूं मीन... विनय और मीरा की जॉब के वज़ह से, राईट?"

रघु ने बहुत सीरियस होते हुए पूछा, तो मिस निशा ने जवाब देते हुए कहा "नहीं, जॉब रिज़न नहीं था क्योंकि उस वक्त मीरा जी जॉब छोड़ चुकी थी। मेहनत तो इसलिए लगी क्योंकि अमन स्पेशल केस है। आई मीन वो एक आतंकवादी का बेबी था। लेकिन क्योंकि उसे विनय जी ने ही रेस्क्यू किया था, इसलिए फाइनली उन्हें अमन ऑफिस्यली दे दिया गया।"

मिस निशा के मुँह से अमन की ये सच्चाई सुनने के बाद रघु ने आगे कोई भी सवाल नहीं किया और बाकी की फार्मेलिटीज़ पूरी करके आर्चर्ड होम से बाहर चला गया।

**************

अगली सुबह,

5 बजे....

मानसरोवर की उसी नदी में पैर डुबो कर रघु अकेले बैठा हुआ था।

कुछ देर की खामोशी के बाद वो बहते हुए पानी की तरफ देखते हुए बोला "यन्त्रा, मुझे लगने लगा है की अब मुझे अमन, विनय और तुम्हारा पूरा सच पता चल चुका है और मैं तुम्हें अच्छे से जान गया हूँ। लेकिन.... "

इतना कहते हुए रघु शान्त हो गया और आसमान की तरफ देखते हुए आगे बोला "लेकिन शायद मैं गलत हूं.... शायद.... मैं कभी भी तुमको पूरी तरह से जान ही नहीं पाऊंगा यन्त्रा। मैं नहीं समझ पाऊंगा की तुमने उस जेल में इतनी कड़ी सुरक्षा के बाद भी बम अंदर कैसे पहुँचा दिया? मैं नहीं समझ पाऊंगा की अपने पति की मौत का बदला लेने के लिए, तुमने उस आतंकवादी को बिल्कुल वैसी ही मौत कैसे दी, जैसे उसने तुम्हारे पति को मारा था? मैं नहीं समझ पाऊंगा की एक रेस्क्यू करके गोद लिए हुए बच्चे की जान के लिए, तुम क्यों दिल्ली में वो बम ब्लास्ट करने के लिए रेडी हो गई। मैं नहीं समझ पाऊंगा की तुम असल मैं थी कौन, एक सीक्रेट ऐजेंट? एक शहीद की विधवा? अपने सगे बच्चे को खो देने के बाद, एक अंजान बच्चे को सगे सा प्यार देने वाली मां? या मेरी ज़िंदगी का पहला और आखिरी प्यार?"

*मिशन नक़ाब*

ये कहते वक्त रघु की आंखों में आंसू भरे हुए थे।

वो कुछ देर के लिए शान्त हुआ और फिर उसने नम आंखों के साथ मुस्कुराते हुए कहा "मैं नहीं जानता की तुम कौन थी। मीरा, यन्त्रा या कोई और.... लेकिन तुम जो भी थी? मेरे लिए प्यार और इश्क़ का मतलब सिर्फ तुम थी, तुम हो और तुम ही रहोगी...."

ये कहते ही रघु नम आंखों से मानसरोवर की वादियों को देखने लगा और उनमें बसी हुई यन्त्रा की यादों में कही खो सा गया।

"हर प्यार मिलन तो नहीं, इंतजार भी एक प्यार..."

-----------The End----------

www.ingramcontent.com/pod-product-compliance
Lightning Source LLC
LaVergne TN
LVHW061551070526
838199LV00077B/6996
* 9 7 8 9 3 5 9 8 9 6 3 0 4 *